Alejandro Lámbarry
Yo, emperador

La Pereza Ediciones

© La Pereza Ediciones 2020
www.lapereza.net
Primera edición en Estados Unidos

© Alejandro Lámbarry

ISBN- 9781623751623

Diseño de la colección:
Estudio Sagahón/Leonel Sagahón
www.sagahon.com

YO, EMPERADOR
Alejandro Lámbarry

Contenido

César

Estudiaste la licenciatura en Letras Clásicas pero al salir de la universidad compras un vestido con escote, te arreglas el cabello y vas a Globo a pedir trabajo en un programa deportivo. ¿Por qué?, te preguntan tus padres.

–Si sabes latín, mija.

Les respondes que te han inspirado las Olimpiadas.

¡Mentira! Tus padres lo saben, tus amigos, tus compañeros de escuela.

Cuando niña organizaste una fiesta en tu casa para ver el partido de Brasil contra Holanda del Mundial del 74 en Alemania. Fueron todos tus amigos de la escuela y del barrio, tomaron refrescos, comieron dulces y, al final, con la derrota de Brasil te quedaste muda, impávida, paralizada, catatónica. Corriste a tu cuarto, azotaste la puerta, le pusiste llave y te echaste a llorar en la cama apretando la almohada. Te regañaron por dejar a tus amigos solos en la sala. Uno de ellos te habló desde afuera de tu cuarto: Judith, Judith, vamos a jugar futbol, tú eres Brasil. Tu padre, frustrado por el resultado del partido y enfurecido por tener además que cuidar chamacos, dio de golpes a la puerta. No hubo poder humano que te sacara de ahí. La tristeza era intolerable.

—Show de las siete de la noche, con Bezerra y Coutinho —te dice el director deportivo de Globo al evaluar tu escote.

Inicias así tu vida profesional. Te mudas a tu propio departamento, compras un escritorio y una televisión para ver los partidos. Sobre todo inviertes en vestidos y maquillaje. No eres ninguna pendeja.

—Una belleza que nos alegra el día —dice Bezerra al darte la bienvenida.

—Buenos días, Bezerra. Dinos, por favor, si Rivelino se queda o no en la Selección.

Y Bezerra se lanza a una discusión con su compañero Coutinho. Revisan la situación desde todos los ángulos posibles: la personalidad del héroe, las moiras, los oráculos, el entrenador, la fortaleza de sus piernas, su equipo, su destino. Para concluir con una frase estelar:

—Rivelino es un artista, no cabe duda, pero a veces los artistas se cortan las orejas.

Tu sueño hecho realidad: escuchar hablar de las posibilidades de clasificación de los equipos, los pronósticos, las estadísticas, el análisis de cada resultado, los mejores jugadores, su legado, las contrataciones estelares, la permanencia de los jugadores en los equipos… Sobre el futuro de Sócrates en Botafogo, Bezerra advierte:

–Una vez me dijo mi padre que en la vida no estarás presente en el noventa por ciento de las decisiones que se tomen sobre tu destino. Así que siempre deja una buena imagen. No estoy seguro de que Botafogo esté contento con la imagen de Sócrates.

Coutinho es más polémico, vivaz, irreverente. En una ocasión invitaron a Jonas da Nobrega, general de la marina y gran fanático del Flamengo:

–Dígame, general, ¿tiene el Flamengo un buen entrenador o no?

–Creo que podríamos tener uno mejor.

–¿Sí o no? ¿Es buen entrenador o no lo es?

–Es promedio.

–Me está diciendo que apoya a un equipo que tiene un entrenador promedio.

–Yo soy fan de muchos años.

–Ya veo, usted es uno de esos fanáticos a los que les importa un carajo la calidad del equipo, con tal de que sea *su* equipo.

La dictadura había terminado, pero ¡qué huevos los de Coutinho!

Planteas las preguntas del programa, das un breve resumen sobre el resultado de los partidos, asientes a todo lo que dicen los comentaristas y cuando hay un desacuerdo acudes al tiempo, que todo lo resolverá. Al inicio del programa, Bezerra y Coutinho te saludan:

–Judith, veo que traes los colores de la primavera en ese vestido.

–Una bella sonrisa para pasarnos el trago amargo de esta derrota, Judith.

–Si te puedes levantar, Judith, y mostrarle al público que no miento.

Discuten sobre el legado de Pelé. Coutinho lo declara el mejor jugador de la historia. Tres campeonatos mundiales; nadie antes lo ha hecho. Bezerra argumenta que habría que tomar en cuenta el contexto. Pelé en otro equipo no habría sido el mismo. No lo descalifica, pero le habría gustado verlo en Chile sin Lobo Zagallo ni Garrincha. Hay un silencio. Los dos te miran. Crees que esperan tu opinión e intervienes por primera vez:

–El futbol es un deporte en equipo. Es imposible evaluar a un jugador en solitario. Hay que entender a Pelé en relación con los demás. ¿O no?

Coutinho se ríe. Bezerra acepta el argumento como si fuera categórico, irrefutable, la mismísima teoría de la gravedad. Cuando termina el programa, te acercas a ellos como si pudieran salir de ahí a comer y a beber juntos. Pendeja. Estás a unos pasos de distancia y escuchas a Bezerra que le dice a Coutinho sin voltear a verte:

–No voy a permitir que una pinche vieja me corrija.

Al día siguiente te llaman de la Dirección. ¿Todo bien? ¿Estás cómoda con la emisión? Quizá es un desafío muy fuerte. ¿Te interesaría quizá otro programa? ¿Cultura?

Respondes que te sientes perfectamente bien y que harás todo lo posible por mejorar. En ocasiones olvidas tu lugar en el programa.

Y al día siguiente:

–Judith, como siempre tan bella. ¿Qué nos tienes para el día de hoy?

Las primeras Olimpiadas se dieron en el mismo siglo en el que Grecia adoptó el alfabeto fenicio. Sus rancherías se convirtieron en ciudades, sus estatuas en representaciones antropomórficas y la *Ilíada* pasó de ser un canto rimado al estilo de un corrido a un texto canónico impreso en piedra, barro y papiro. Eso para ti no es ninguna coincidencia. Se trata del pasaje del caos al orden, de la guerra a la competencia reglamentada, de la masturbación al sexo, a la orgía.

En ese año, el 82, se celebra el Mundial de Futbol. Han pasado dos años desde tu ingreso a la televisión y estás lista para el viaje iniciático, tu bautizo en las aguas internacionales del deporte más popular y reconocido del planeta, en el que Brasil, tu país, puede terminar, como siempre, campeón.

Escuchas el rumor de una reunión con el director de la sección deportiva, Joao Mendel. Cada día que pasas frente a su oficina echas un ojo, saludas a Linda, le llevas chocolates. ¿Nada nuevo? Pasa casi un mes, hasta que Linda te dice:

–Hay reunión.

–¿Cuándo?

–Ahora.

No te invitaron.

En la reunión están Bezerra y Coutinho, acompañados de la nueva generación de comentaristas: Costa y Almeida. Están además el exfutbolista Tostao y Silvana, la encargada de la sección de Cultura de Globo. Quedas fuera. Es posible, sin embargo, que alguien adentro luche en tu nombre. Cruzas los dedos. ¡Hágase tu voluntad!

Es muy posible que Brasil termine campeón. En el Mundial pasado, celebrado en Argentina, terminaron terceros.

–Echaremos la casa por la ventana –dice Joao.

Coutinho propone una mesa con los cinco comentaristas ahí presentes en tiempo estelar.

–¿Quién manda? –pregunta Costa.

–Bezerra –aclara de inmediato Joao.

Reportajes, entrevistas y comentarios de los partidos en vivo.

–¿Eso se puede hacer? –pregunta Tostao.

–Para este Mundial se puede todo.

–¿Quién sigue a la Selección? –pregunta Coutinho.

–Tendremos un grupo en Sevilla, otro en Madrid y otro en Barcelona. Todo cubierto hasta la final. Los cabrones no podrán ir al baño sin que nosotros lo sepamos.

Los comentaristas estiran las piernas y se miran entre sí satisfechos. Silvana aprovecha el silencio y pregunta:

14

–¿Y yo qué hago aquí?

El Mundial será en Europa. Se les ha ocurrido acompañar el deporte con una sección especial de arte y cultura, algo sobre el color local del país anfitrión, España.

–Quieren entretener a las señoras –dice Silvana.

–Así es.

Se trata de la plataforma televisiva más vista del país. No habrá brasileño ni televisora que no sepa quién es ella.

–De acuerdo.

–¿Judith? –pregunta finalmente Coutinho.

–Ustedes deciden –responde el director.

–Preferiría que esta fuera una mesa de especialistas –sentencia Bezerra.

Y quedas fuera. Un solo comentario en el programa te costó el Mundial.

–Hijo de puta –le dices a Bahía, enojada, triste, frustrada, peda.

Él quiere simpatizar con tu sufrir, pero él sí irá al Mundial, así que mejor se calla y te escucha. Bahía es un tipo alto, fuerte, alguien que te ve a diario detrás de la lente de su cámara. Conoce tus medidas a la perfección, sabe hasta dónde bajar la lente para que aquello que se ve sea apto para el público familiar.

–El Mundial, la gesta de los grandes, *arma virumque cano* –dices.

Bahía cree que ya no pronuncias, te sostiene para evitar que te caigas de espaldas. Tú entiendes ese gesto como un coqueteo y le respondes con un beso. Te repliegas contra su cuerpo deseando que te cargue entre sus brazos musculosos. Él te recibe con miedo a que te caigas de peda al suelo. Te lleva después a su departamento donde hacen el amor.

Al día siguiente despiertas cruda, desnuda, en cama ajena. Te levantas en busca de tu ropa. Con el culo al aire, escuchas que alguien te desea buenos días. Esperas encontrarte con el joven Bahía, en cambio, ves a un enano.

–¡Puta madre!

–Tranquila, ahora salgo.

¿Qué has hecho? ¿Dónde estás? ¿Adónde te has metido? ¿Qué te hicieron?

Regresas a la cama de un salto. Él se cubre los ojos con una mano y lo ves caminar a tientas por el cuarto hacia el baño. Apenas alcanza la manija abre y desaparece, te lanzas sobre tus pantaletas, tu vestido, te cambias en un instante y sales de la habitación.

Bahía prepara el desayuno en la cocina.

–Buenos días.

Así que finalmente sí te lo cogiste.

–¿Dónde estoy? –le preguntas.

–En mi departamento.

–¿Y el enano?

–Se llama Nunu. Se encarga del programa cultural de Silvana. De hecho, te tiene una propuesta.

16

El asunto es convencer al director de la sección deportiva de tu aportación al show de Silvana. Está bien aprender un poco de cultura, pero esto es Brasil, y la cultura es más divertida cuando va acompañada de una joven guapa y sensual. Si van a pagar el viaje y la estancia de una, ¡qué les cuesta llevarla a ella también! Tú podrías aportar la diversión al arte.

Preparas tu discurso. Le llevas chocolates a Linda, que te desea suerte antes de entrar a su oficina. Cuando terminas de explicarle, el director duda, piensa y dice:

–No tengo en este momento los números.

¡No! Si te da como excusa revisar los números estás perdida. Juega la carta de tu renuncia. ¡Si no me llevan, me voy! Demasiado riesgoso. Son capaces de tomarte en serio. Muéstrale las tetas. ¡Qué va! Estás negociando un programa de cultura. Piensa en otra cosa, di algo, lo que sea:

–*Mens sana in corpore sano.*

–¿Qué?

–Es latín.

–Latín, la lengua de los romanos –le repites al director.

Él alza la mirada del escote a tus ojos negros, fijos, decididos, de mujer culta.

–Está bien –te dice–. Hablaremos con Silvana.

Aterrizan en España después de once horas de vuelo y dos más de espera en el aeropuerto. Estás desvelada, cansada, adolorida y feliz. Silvana no te devolvió el saludo en el avión, mejor. Si no quiere aprovechar tu ayuda tendrás más tiempo para ver los partidos, buscar a los jugadores y entrevistarlos.

–Brasil es creatividad, genio que a veces termina en individualismo. Y nos enfrentamos al orden de las naciones del norte. Es el arte contra la máquina –les dices a Bahía y a Nunu, sentados frente a la barra.

–Por favor, eso ya lo he escuchado mil veces –te responde Nunu.

–Es verdad.

–¡Mil veces! –repite empinándose la cerveza.

En las semanas que llevas de conocerlos te has dado cuenta de que el enano es quien manda, quien tiene las ideas y las ejecuta. Bahía es puro cuerpo y, en tu caso, puro amor. Los dos se conocen desde la escuela de periodismo. Son mejores amigos. Sin contar la diferencia de estaturas se complementan muy bien.

Desde mañana Bahía grabará en el horario estelar al equipo de los cinco comentaristas deportivos. Tú trabajarás con Nunu.

Tu primera tarea es investigar sobre el teatro del Siglo de Oro español. Estás en Madrid y debes ir a lo que llaman los corrales. La verdeamarela se instala en Sevilla. La segunda fase y la final del torneo se jugarán en el Santiago Bernabéu. Pero ahora, en la clasificación de grupos, no hay nadie en Madrid. A la mierda.

Tomas el metro con el equipo de grabación. Silvana se sienta en el extremo opuesto a ti y apenas y te dirige la mirada. Llegan al famoso corral que es como un teatro improvisado al aire libre. Salen los actores con vestidos de la época. Describen cada parte de su vestimenta.

–Vete por el guion –te ordena Silvana como si fueras su criada.

Llegas con Nunu, te da el guion, y cuando regresas ya han iniciado el rodaje. No vas a rogarles que te incluyan. No te hace falta. En la tarde, a la hora estelar, estarás en el escenario de los comentaristas deportivos. Te recibirán como lo que eres: la presentadora del programa estelar de Bezerra y Coutinho.

–Póngase ahí, por favor –te pide un camarógrafo.

Te ubican junto al grupo de entrevistados y logras escuchar que están hablando de *El burlador de Sevilla*, un clásico de la literatura. Se trata este de un personaje arquetípico usado en muchas obras. En realidad, las tramas del teatro español son siempre las mismas. Implican un enredo amoroso, la intervención de un galán, una doncella y un marido engañado. En el centro de todo está siempre el honor. La originalidad es un invento moderno –dice un actor vestido de mujer– de una sociedad fácilmente impresionable, pero nuestros antepasados disfrutaban más del dominio del oficio y de la técnica. Repetían una y otra vez los mismos personajes y la misma trama para alcanzar la perfección.

–¿Por qué solo hay hombres? –preguntas.

Los actores te miran por primera vez. Pensaban que eras la cara y las tetas que envía a comerciales.

–Intentamos recrear el teatro como se actuaba en la época.

–¿No había actrices?

–¡Claro que no! –te responde un actor escandalizado.

–Ya veo, igual que en el teatro griego clásico –le respondes al pendejo.

–Es posible, señorita.

–Es seguro, joven.

Brasil gana su primer partido contra la Unión Soviética, el rival más difícil del grupo. Se desatan los comentarios y los primeros pronósticos. Si terminan primeros de grupo, afirma Coutinho, pueden evitar enfrentarse en una segunda fase contra Argentina. Argentina es el campeón y es el vecino. Si hay que enfrentarlos, mejor en la final. Coutinho cree que en realidad no se les puede vencer porque es el mismo estilo de juego, la misma estrategia y técnica, pero con mejores jugadores. Mejor sería que alguien más, otro equipo, los eliminara. Si Argentina no está, Brasil puede llegar a la final.

–Esto es el Mundial, señores –sentencia Bezerra–. Aquí no hay contrincante fácil. Brasil tendrá que enfrentar esos partidos si en verdad quiere ser campeón.

–Yo veo a Argentina más fuerte –empieza Costa, y sigue con una comparación de la alineación, el entrenador, las circunstancias sociales, culturales y ambientales.

La hora del programa se les va volando, cuando de pronto le anuncian a Bezerra en el audífono: Sección Cultural.

Se lleva el dedo al oído como siempre que no entiende o no escucha lo que le dicen: Silvana y Judith –le repiten en el audífono.

Bezerra alza las cejas, resopla y mira directo a la cámara. Sonríe:

–Y ahora con nosotros…

Ellas hablan del teatro del Siglo de Oro español, de la importancia de que el ser humano exprese sus emociones y su sensibilidad, que se desenvuelva artísticamente. Envían al video. Costa y Tostao aprovechan para levantarse y estirar las piernas. Bezerra va al baño. Al término de cinco minutos están todos de vuelta.

–¡Qué interesante!

Las dos voltean a ver a la mesa esperando la primera pregunta.

–¿Por qué son todos hombres? –pregunta Tostao.

–Así era en la época: las normas y las convenciones sociales eran muy distintas –empieza Silvana–. Una mujer no podía exhibirse sobre un escenario. La habrían acusado de inmoralidad. Pero es interesante que a pesar de que no podían actuar ocupaban los mejores asientos del teatro. Eran asientos desde donde podían ver y ser vistas por sus pretendientes.

Costa sonríe de manera galante. Tostao sigue sin entender.

–¿Cómo actuaban una obra de teatro con solo hombres?

–Así era en la época –le repite Judith.

–Pues no debió ser muy agradable.

Coutinho, Costa y Tostao se ríen.

–Lo puede ser para algunos hombres –dices mirando directamente a Bezerra, que pregunta:

–¿Cómo?

–Digo que puede ser muy agradable para algunos hombres.

Se acaban las risas.

Corte.

Dejas el escenario de los comentaristas. Desde ahora harás únicamente reportajes grabados. Da igual, el Mundial se está convirtiendo en una pesadilla. Si no fuera porque Brasil le ha metido cuatro a Escocia estarías al borde de la depresión. Con Silvana no te hablas. Ella te da órdenes, entrevista a quien haya que entrevistar y antes de que terminen la grabación el camarógrafo te pide que te pares con el grupo. Siguiente.

Pides una cita con el director deportivo. Le llevas chocolates a Linda.

–Imposible –te dice ella–. Está ocupadísimo.

Piensas en escribir una nota donde uses la amenaza de la renuncia. Ya son dos años en Globo, la gente te conoce, eres guapa y tienes un vocabulario de licenciada en Letras Clásicas. Si no me aprecian, si no me valoran, si no me dan mi programa, si no me llevan con los jugadores, ¡me largo!

Joao, escribes, pero lo piensas dos veces. Miras a Linda que te mira y dejas la pluma.

A punto de tocar fondo llega Nunu y te dice que al día siguiente van a Sevilla, la sede de Brasil. Podrán ver el último partido del grupo contra Nueva Zelanda mientras graban un especial sobre la tradición del café y el té de menta andaluz.

—Genial.

—Y después —te dice Nunu— vamos a Barcelona.

Escuchaste bien. La sede de la segunda fase, donde jugará Brasil contra Argentina e Italia. Serás parte de la historia. Los verás en vivo a Sócrates, Zico, Falcao, jugando para ser campeones y dejar grabadas para siempre sus efigies.

El equipo se divide en dos. Silvana viaja a La Mancha para grabar molinos y ellos van a Sevilla. Una vez en la ciudad corres al hotel donde están hospedados los jugadores. Muchos de ellos te saludan de beso. Junior agacha incluso la cabeza, algo cohibido de verte en vivo. Le preguntas si van a jugar con el primer equipo o descansarán a algunos.

—Santana —te responde—. Él es el que sabe.

Al mediodía te sientas bajo el sol ardiente de Sevilla a compartir una cerveza con Nunu. Estás feliz. Podrías besar y abrazar al enano.

–¿Ya leíste el guion? –te pregunta.

–¿Del café y el té?

–Hay mucho que aprender y si no lo lees ahora vas a hacer el ridículo.

Un momento de paz, un instante para disfrutar, ¡un instante, por favor! Abres tu mochila, sacas el guion y lo lees mientras que ambos terminan sus bebidas.

–¿Grabamos antes o después del partido?

–Grabamos en media hora.

–El café llegó a Europa a mediados del siglo XVIII. Aunque en España ya se conocía desde antes, por la cercanía con el mundo árabe. Se tenía una idea de él, pero no era muy bebido, quizá porque lo relacionaban con herejes. La gente en realidad lo que bebía era vino. Un español promedio de aquella época podía llegar a beber hasta tres botellas diarias. Esto era muy bueno para la producción vinícola, pero para la vida en general resultaba una pesadilla. La gente pasaba la mayor parte del día borracha. Y lo mismo sucedía en el norte, allá con la cerveza. Bebían barriles, era como tragar agua, desde la mañana en el desayuno, en la comida y en la cena. Le daban duro.

–¿El café?

–Claro, el café. Esta bebida le dio la posibilidad a la gente de tener un estimulante sin el letargo ni la pérdida de las facultades mentales. Les daba energía, los hacía sociables y alegres. Así que se popularizó mucho, sobre todo en los países industrializados. Es la bebida ideal de los que trabajan. Cuando llegó a España, o mejor dicho, cuando regresó porque aquí ya se conocía, se tenía una idea de él, por los herejes.

–Los árabes.

–Cuando volvió a España el café tuvo su éxito. Las cafeterías se convirtieron en lugares de charla y de discusión sobre todo para intelectuales, para gente de la cultura, para gente despierta pues. El problema fue que luego se convirtieron también en lugares de diversión. Básicamente de prostitutas. Las cafeterías se instalaban en un primer piso con vista a la calle y el burdel en el segundo. De manera que había únicamente que subir y bajar un piso. El café, hay que recordar, es también vigorizante. Así que si un esposo le decía a su mujer que iba a tomar un café, ella lo que entendía era que en realidad se iba de putas.

–¿El té?

–El té entró justamente para combatir esto. El té es una bebida familiar, de gente respetable, mire nomás a Inglaterra. Allá la hora del té se respeta como la hora de ir a misa. Además encuentra uno los salones de té en cada esquina. Aquí en España fue otra cosa muy distinta, ya sabe, nuestra sangre mediterránea. Se quiso popularizar el té de menta porque es el que tomaban los herejes. A ellos les gusta mucho ese té, pero aquí la verdad no tuvo éxito, salvo en Sevilla, y eso que tampoco. Es que si un esposo le decía a su mujer que iba con sus amigos al salón de té pues ella lo que entendía, en realidad, es que el esposo era marica.

–Muy interesante.

–¿Quiere probar?

–Sí, claro.

–¿Bebida de putas o de herejes?

–Deme un café, por favor.

Brasil cuatro, Nueva Zelanda cero. En la sección cultural de esa noche escogieron solamente el video de los molinos.

Empacan maletas y toman el tren a Barcelona con el equipo entero. Gritan vivas, cantan y alguien de entre la gente saca la batucada.

Luizinho y Éder se quedan pasmados con el tren de alta velocidad. Moverse por la tierra sin sentir piso es privilegio de millonarios. Podrían comer, beber, bailar y hasta jugar futbol mientras se transportan de una ciudad a otra. ¡Un entrenamiento en el tren! Seguro que los alemanes ya lo están haciendo. Pero por más que avancen en la tecnología, no pueden ir muy delante de ellos con el genio.

Llegan a Barcelona y Nunu insiste en hospedarse en un hotel del centro. Él te sacó de Madrid, te permitió ver a la Selección en vivo y seguirlos hasta Barcelona.

–De acuerdo –le dices, lo que él desee.

Se instalan en un hotel a un paso del mar y de las ramblas, y a varios kilómetros de distancia del Sarriá. Le preguntas por el programa cultural. Tienes el tiempo necesario para bañarte, cambiarte de ropa y comer una baguette.

A las cuatro de la tarde te espera el equipo de grabación en el hall del hotel. Te sorprende ver a Bahía entre ellos. Los comentaristas, te explican, seguirán el paso de la Selección. Han trasladado una parte del equipo a Barcelona. Silvana está también en la ciudad. Ella hará un video sobre la catedral y la Sagrada Familia. A ti te toca la Revolución Industrial.

Recorren hileras de casas idénticas a ambos costados de la calle hasta llegar a una fábrica de textiles que sirve ahora de centro cultural. Arman el equipo. Maquillaje y acción. El guía les explica la técnica del hilado, los molinos con grandes dientes recubiertos de acero, las temperaturas insoportables de los almacenes donde guardaban el algodón y finalmente el comedor.

–Aquí el platillo más popular era la empanada. Hay que entender que esta gente trabajaba más de diez horas al día sin las facilidades y las condiciones de salubridad que tenemos ahora.

El guía mete las manos en una cubeta repleta de inmundicia y toma la empanada del borde.

–Puede comerse sin miedo a manchar el alimento.

Nunu te hace una señal para que tomes la empanada. La recibes del borde como si se tratara de un ser vivo. Te pide que le des una mordida.

–¿Con qué se come?

–Vamos para acá.

Gran parte de las fábricas de textiles de la región eran propiedad de ingleses que contaban con maquinaria y técnicos de aquel país. Además de las empanadas, estos trajeron la cerveza.

–Genial.

Se acercan a un barril, el guía saca dos vasos grandes, dos pintas, jala con fuerza la palanca. El líquido que sale es un caldo baboso que se escurre por los bordes.

–Cerveza inglesa. Se toma caliente en invierno y al tiempo en verano. Es la mejor manera para probar el sabor del lúpulo. En realidad la cerveza fría es un invento muy posterior de zonas tórridas.

Mandas saludos desde Barcelona con una empanada de borde negro y una cerveza caliente sin espuma.

La noche previa al partido la dedican entera a discutir sobre Brasil y Argentina. Comparan posición por posición la alineación de cada equipo. Refieren los nombres de Kempes y Maradona, Falcao, Sócrates y Zico como en el catálogo de las naves en la *Ilíada*. Cada uno de los comentaristas da su pronóstico. Es un programa brasileño y aun así hay uno de los cinco, Coutinho, que da como victorioso a Argentina.

Al día siguiente te levantas temprano. Desayunas y te quedas toda la mañana en el hotel por si acaso quieren grabar otra escena. Pero a nadie le interesa la cultura ese día, ni le interesará al día siguiente. En caso de derrota, los comentaristas darán hasta la náusea las explicaciones que resuelvan el significado de la tragedia en la mente de los fanáticos. Si ganan mostrarán una y otra vez las escenas de los goles, las entrevistas y los pronósticos del partido contra Italia.

Después del almuerzo toman el taxi al estadio. Van contigo Bahía y Nunu. Se les ve serios, tensos. Entiendes que estén preocupados por el resultado del partido, aunque han hablado muy poco de futbol en estos días. Sobre todo a Nunu parece tenerlo sin cuidado. No hay brasileño, sin embargo, que no sea fanático de su Selección. Le das una palmada en la espalda para reconfortarlo.

Inicia el partido… Minuto once: Zico adelanta filas y arroja su lanza contra el corazón de Pumpido. Termina el primer tiempo con ese primer y único ataque. La segunda mitad del juego será, en cambio, la masacre. Serginho y Junior rematan con la lanza, puños y espada a una Argentina moribunda que en el último minuto mete el gol del honor. Resultado final: tres a uno.

Bebes cerveza antes, durante y después del partido. Estás eufórica, quieres quedarte a vivir en el estadio en el recuerdo de ese día. No entiendes por qué Bahía y Nunu insisten tanto en regresar. El tráfico, las masas de gente, dormir temprano. Estás peda y estás feliz, entregada a la emoción de la victoria. Te llevan casi a rastras al taxi, del taxi al hotel y de ahí a tu cuarto. Abres el minibar, tomas una botellita de ginebra y brindas por Brasil.

—¡Ándele, putos! –despides a Argentina del Mundial.

Despiertas en la oscuridad de la noche. No sabes qué hora es. Te duele la cabeza y tienes la boca seca. Bebes un vaso de agua. Estás vestida con tus ropas del día. Un impulso extraño, que después entenderás como el destino, te lleva a salir de la habitación y caminar por el pasillo hasta el elevador. Bajas a la recepción. Con el timbre de las puertas que se abren entiendes que estás buscando hielo y una aspirina.

Sales al hall. No es posible que haya más gente a esa hora que durante el día. Ves en tu reloj de pulsera que son las dos de la madrugada. Soñando entraste a un universo alterno, a un mundo de cuento infantil. Para despertar te mueves entre los ríos de gente hacia la recepción. Preguntas por Bahía y por Nunu, como si ellos pudieran sacarte de esa extraña realidad. El recepcionista te mira con apremio y desconcierto, está desbordado.

–Uno de ellos es enano –le aclaras al recepcionista, y al decirlo entiendes el verdadero motivo de la extrañeza y de la sensación de ensueño que sientes desde que saliste del elevador. Una buena parte de las personas en el hall son enanos. Caminan con soltura y alegría, entre grupos de gente que les aplaude, los saluda efusivamente y hasta los carga.

Sigues a un grupo por un pasillo alfombrado de muros naranja que tiene al fondo dos grandes puertas como de set de grabación. Olvidaste pedir la aspirina. Demasiado tarde. Cuando cruzas las puertas te encuentras entre un público eufórico, en un escenario comparable al de un ring de boxeo, con gritos de viva y de nombres que no entiendes, con las luces espectaculares girando sobre tu cabeza. Sientes punzadas en las sienes. Estás a punto de desmayarte, pero el temor al ridículo te mantiene de pie. Fijas la mirada en un punto lejano de luz y, como si el universo se conjurara contra tu último asidero de razón, ves la figura de un enano volando por los aires con los brazos abiertos.

Te das la vuelta, regresas como puedes el camino andado. Te tropiezas, tambaleas, vuelves al elevador, a tu piso y a tu habitación.

¿Qué es lo que viste anoche? ¿Fue realidad o sueño? ¿Estabas todavía borracha? ¿Estás loca?

Bajas a tomar el desayuno. Bebes un gran trago de café y devoras un pan con mermelada. Respiras pro-

31

fundamente. Con el bocado en la boca los ves caminando hacia tu mesa y, de pronto, todo se vuelve comprensible, claro, transparente. Bahía de casi dos metros de alto, fuerte, musculoso, encargado del equipo de grabación, y Nunu, el escritor de guiones enano. Entiendes su premura por llegar temprano al hotel, su incomodidad que malentendiste como preocupación por el resultado del partido. Y sin embargo no les dices nada de lo que viste en la madrugada.

Se reúnen al mediodía para planear los siguientes programas. Silvana se une al grupo. Es una mujer ya grande, en sus cincuentas, pero se conserva guapa. Ella habla y todos escuchan. Les indica que se quedará en Barcelona a grabar un especial sobre la historia de la paella y la tauromaquia mientras que tú viajarás a Porto para investigar sobre el vino de la ciudad. No estarás para el partido decisivo contra Italia. Silvana cree haberte dado la estocada final. A ti, en cambio, te interesa saber si Bahía y Nunu irán contigo.

–Nos quedamos –responde Nunu.

Conoces los motivos y sonríes. Te da alegría que se queden los dos en ese hotel.

–En Porto podrás hablar portugués –te dice Silvana con sorna.

–Suerte con el partido –les dices a Nunu y a Bahía sin hacerle caso a esa perra.

Italia derrota a Brasil en un partido legendario. Rossi al minuto cinco. Respuesta de Sócrates al doce y Rossi de nuevo en el veinticinco. Falcao empata en el segundo tiempo y a quince minutos del final Rossi por tercera vez. Él es su Aquiles que en su carro de guerra amarra y arrastra la bandera nacional acompañada de sus sueños de victoria. Nadie detiene a Italia si Rossi pelea con ellos. De Italia será la Copa del Mundo.

Termina tu estancia en España, se acaba el Mundial e inicia la espera de cuatro años. Pero algo ha cambiado en ti y no es resultado de la derrota de Brasil. Es algo profundo, adentro, muy adentro, que te maneja sin poder controlarlo, como si fueras una heroína griega bajo el arbitrio de los dioses. Brasil perdió luchando, cayó en el campo de batalla. Sientes que tú no has encontrado tu verdadera cancha ni tu partido definitivo. Quieres estar preparada, pero ¿cómo?, ¿dónde?, ¿cuándo?

Regresas al programa de Bezerra y Coutinho. Día con día las mismas charlas, el listado de los diez mejores equipos de la liga, la discusión sobre el posible retiro de Zico, el cambio de paradigma en el futbol brasileño después del retiro de sus grandes delanteros y el nuevo reinado de los mediocampistas. Transcurren dos años.

Crees saber de memoria el ritmo del programa. Crees que puedes llegar el mismo día de la grabación a revisar tus notas. Te descuidas. Tus distracciones son causa de risa, siguen las bromas sobre tu naturaleza de mujer distraída y, finalmente, un llamado a la Dirección.

El estrés, la rutina, el cansancio, pero prometes que no volverá a suceder.

–¿Es todo?

El director se muerde los labios, se acomoda en su asiento y después de algunos rodeos e indirectas sobre el horario familiar del programa, te dice:

–Podrías ser un poco más discreta con tu vestimenta.

¡Ocultar el escote! Mierda, te quieren jubilar. Estás por cumplir los cuarenta pero al igual que los deportistas el tuyo es un trabajo fugaz que hay que exprimir mientras dure. No tienes grandes ahorros y has perdido cualquier otra habilidad laboral, si la tuviste.

–Claro –le balbuceas al jefe mientras sales de su oficina. Afuera saludas apenas a Linda y bajas en el elevador a la recepción. Si no haces algo no volverás a entrar por esa puerta.

A Bahía solo lo saludas al entrar y al salir del set de grabación. Su historia de sexo ha terminado. A Nunu no lo ves desde España.

Pero vas a su casa en la noche, después de que las oficinas de Globo han cerrado. Crees recordar donde viven, aun así te toma casi media hora dar con la dirección. Tocas el timbre, subes a su piso y al abrirte la puerta, sin explicaciones ni frases innecesarias, les preguntas:

–¿Siguen en su deporte?

Bahía voltea a ver a Nunu, que te mantiene la mirada.

–Seguimos –te responde Nunu.

–¿Cada cuánto son sus competencias?

–Cada dos años.

–Entiendo.

Das la vuelta, bajas por las escaleras y sales a la noche cálida de São Paulo con olor a coches, fritanga y sudor.

Le explicas a Coutinho la dinámica y el sentido del deporte, pero no termina de entender. Peor que eso, no le queda claro qué quieres de él.

–Compartir una mesa de discusión –le aclaras.

Sonríe condescendiente.

–Imposible, Judith, tú lo sabes.

Después de él, les preguntas a los que estuvieron en España y a los nuevos comentaristas de Globo. Creen que estás loca, algunos se enojan al creer que te burlas de ellos, otros se carcajean. ¿Nunu, el guionista? ¡Haberlo sabido! Se veía tan serio.

Estás perdida. Alguien, una sola persona, que te sirva de guía, que te acompañe en esta lucha. En tu desesperación piensas en Silvana. Es mujer, ha sufrido lo mismo que tú. Habrá olvidado ya para entonces lo de España y si no sabrá perdonarte.

Nunu te da los horarios en los que ella entra y sale de su camerino. La abordas a la salida y te sorprende su reacción de asco y de miedo al verte. No cedes, le explicas tus planes mientras caminas a su lado.

–Es un deporte –le dices–. No le han dado su lugar, pocos saben de él. Creo que merece ser reconocido y visto.

A ella no le interesa entender nada del mentado deporte ese. Quiere saber, en cambio, por qué la persigues. Por qué esa insistencia. ¿No tuviste madre? ¿No tienes las agallas para enfrentar un mundo de hombres? ¿Crees que dos mujeres van a iniciar una revolución?

–Ahorra mientras puedas, mija –te dice Silvana–. Tu carrera no tiene futuro.

Estás como al inicio. Te queda una última opción desesperada.

Linda te dice que es imposible: el director está ocupadísimo, finales de la temporada regular del futbol, preparación para las Olimpiadas en Los Ángeles y el boicot de la URSS. Quizá en una o dos semanas.

Le has llevado el mismo regalo en Año Nuevo, en Navidad, en vacaciones, cuando regresas de viaje o cuando le pides una cita con el director. Eres la única en toda la compañía que lo ha hecho. Ahora es el momento de cobrarte. Pones la caja de chocolates sobre su escritorio, la miras a los ojos y le dices:

–Me urge, por favor.

–De acuerdo.

Abordas al director a la salida de su oficina. Le resumes el deporte de Bahía y Nunu, evitando el lado ridículo e inmoral sin entrar tampoco en muchos detalles. El énfasis está en el hecho de que es un deporte olvidado en el que un par de competidores brasileños va a buscar el campeonato. Es más, el campeonato ya es casi de ellos. Les falta competir nomás, pero su superioridad con el resto del mundo es evidente. Son Pelé y Garrincha voladores.

–¿Qué quieres en concreto, Judith? –te pregunta el director que toma el abrigo del perchero y se dirige rumbo al elevador por el pasillo alfombrado.

–Un equipo de grabación. Yo puedo hacer sola el trabajo de comentarista.

–Imposible.

Están a veinte metros de alcanzar el elevador. Adentro, los dos encerrados, no obtendrás nada de lo que buscas. Debe darte un sí antes de entrar. Insistes en tu experiencia de cuatro años en la televisión, tu conocimiento de la dinámica deportiva, el análisis, los pronósticos. Te detienes. Él mira al piso, tú lo miras a él. No tiene caso perder el tiempo contándole algo que el director ya sabe. Su reacción no ha cambiado un ápice desde que salió de la oficina.

–Dame entonces la posibilidad de realizar un reportaje escrito.

Llegan al elevador y oprime el botón para llamarlo.

–¿A qué te refieres?

–Acompañar al equipo en el torneo. Serían solo tres semanas. Yo encuentro mi reemplazo. Al término de ese tiempo tengo un reportaje sobre los campeones brasileños de un nuevo deporte del que nadie antes ha escuchado hablar, extraño pero romántico, atlético, olímpico.

–¿Lanzamiento de enano?

–Exacto.

El director resopla, agita la cabeza y voltea a verte. Te ha recorrido en cuatro años desde el escote hasta los ojos negros. Ahora te ve toda entera, como un personaje secundario que se convierte en protagonista de su propia historia. Suena el timbre de las puertas eléctricas.

–De acuerdo, un reportaje escrito. Pero yo encuentro a tu reemplazo de esas semanas.

Nunu y Bahía están en la sala de espera del vuelo a Sídney, Australia. Te saludan incrédulos pero fingiendo naturalidad. Te sientas a su lado. Después de un momento de silencio, les preguntas:

–¿Cuál es la verdadera posibilidad de que ganen?

Ellos se miran entre sí, luego se ven las manos como si tuvieran que hacer cálculos con los dedos.

–El torneo pasado terminamos finalistas.

Sabes que eso no es suficiente. A Brasil, tres veces campeón mundial, se le mide con otros estándares.

–Cuéntenme.

Durante la hora de espera ellos te hablan de aquello que alguna vez fue una diversión de bares y que es ahora, desde hace ocho años para ser precisos, un deporte con reglas, jueces, árbitros y público. Un deporte con leyendas. Hay enanos y hay lanzadores de todo el mundo, pero en especial destacan los australianos, los franceses y los ingleses. Nadie hasta ahora de América. Ellos lo descubrieron por azar, el amigo de un amigo. Vieron a Nunu y le preguntaron si conocía a alguien que pudiera lanzarlo. Él pensó entonces...

–No me interesa –los interrumpes–. ¿Cuántas veces han competido?

Una sola vez. Investigaron sobre el deporte. El torneo era en España. Globo les pagó el viaje. Apenas tuvieron tiempo para entrenar y aun así hicieron un buen papel. Esta será su segunda vez y el cuarto torneo en la historia del deporte.

Suena el anuncio de su vuelo. Hacen la fila, muestran sus pasaportes y les desean buen viaje. Antes de entrar al túnel de abordaje recibes una iluminación.

–Tú seguirás siendo Bahía, pero tú te llamarás, desde ahora, César.

Te has vuelto la responsable de tu propio destino, has encontrado tu cancha, tu deporte, tu batalla definitiva. El futuro es un misterio, pero cualquiera que sea el resultado tú lo controlas, tú llevas las riendas.

–Y más les vale terminar esta vez campeones.

Bahía y César cruzan el túnel de abordaje contigo.

Augusto

Escucharás su voz en el instante previo de salir al escenario. Su ritmo al hablar juguetón y travieso.

–Yo, Gastón, me dejé lanzar por los aires –empezarás tu discurso con las mismas palabras y los mismos silencios de siempre–. Me ponían un arnés en el cuerpo, un casco en la cabeza, rodilleras y hombreras, para que alguien más, mi lanzador, me levantara del piso y me lanzara contra el suelo como a una cosa, algo que no vale, que no es nada. Eso era yo, Gastón, esa cosa. Dejé que hicieran eso conmigo.

No habrá tarima para que no se interponga entre ti y el público, pintarás un círculo imaginario dentro del cual moverte. El público, formado por algunos enanos, aunque en su mayoría gente de talla normal, te escuchará con sorpresa rayana en el espanto, para luego, poco a poco, ir comprendiendo, hasta tenerte piedad.

–Mi vida no fue fácil, la de un enano jamás lo es. Desde niño pasé vergüenzas, se burlaron de mí, me violentaron, me humillaron. Para un niño es algo muy difícil, sufrir y aguantar. Pero cuando uno crece adquiere otras herramientas, otras maneras de defenderse. Eso lo aprendí después de pegar con la cabeza contra el piso una y otra vez, literalmente.

Aquí habrá algunas sonrisas entre cómplices y compasivas.

–Ahora soy otro. Soy alguien que no se deja tomar y lanzar por nadie. Soy fuerte, pero no del físico. Soy fuerte con la palabra. Me he aceptado como soy y aunque ustedes no lo crean y no lo vean soy grande, muy grande. Porque, como dijo un sabio, la civilización nace cuando los hombres ven el mundo parados sobre los hombros de otros hombres que vivieron antes que ellos. Y quién mejor para subirse a los hombros de otro que un enano. Acá estoy arriba, y quiero compartirles mi visión.

Aplausos, bravos, miradas y sonrisas de admiración.

–Una persona fuerte es aquella que lucha por sus ideales y sabe adquirir distancia para que ni los reveses ni los logros la detengan. Una persona fuerte es aquella que permite que las personas a su alrededor sean felices. Una persona fuerte es alguien que lucha por algo en lo que cree, a pesar de que no todos estén de acuerdo con sus ideales o que incluso se le opongan. Eso es una persona fuerte, y no aquella que abusa de su prójimo, que lo golpea, que lo denigra, que lo toma de un arnés y lo lanza por los aires. Una persona fuerte no es aquella que compitió en un deporte denigrante.

–Yo, Gastón –terminarás–, he aprendido a reconocer mis fortalezas y mis verdaderos logros. También he aprendido a reconocer mis limitantes: nunca podré jugar baloncesto, y eso está bien, no tengo problema con eso. En tanto que tampoco quieran usarme como pelota. Jamás volver a ser una pelota, jamás volver a ser una pelota.

–¡Jamás! –gritará el público seguido de aplausos, vivas y porras.

Antes de bajar del escenario agradecerás a la Asociación de las Pequeñas Personas de América (LPA por sus siglas en inglés) por haberte enseñado a ser un hombre completo, pleno y feliz. Ella, la LPA, organiza las conferencias, te paga las charlas y te financia los viajes, te mantiene activo. Ella te aceptó entre sus miembros cuando decidiste renunciar al deporte. Gracias a la LPA has podido viajar de Brasil a Buenos Aires para estar presente en esta conferencia. Gracias a ella podrás visitar al día siguiente a tu hija. La verás mañana, sábado, en el día de su boda.

Después de la charla vendrán más aplausos, los diálogos con un enano interesado en tus problemas de infancia y una persona de tamaño normal que te preguntará sobre el deporte. Serás breve y amable, no quieres ser grosero pero tampoco ingenuo. Se han acercado antes para gritarte lombriz, gusano, han intentado incluso golpearte. Fuiste un símbolo de la victoria del deporte y ahora lo eres de su derrota; tu trabajo es hundirlo, hacerlo desaparecer en la medida de tus fuerzas. Es la única manera de lavar tus culpas y recobrar la dignidad que tanto te alaban en la LPA.

En el camerino se acercará Graciela, la organizadora, intercambiarán documentos, la constancia, la firma. Ella ya tiene tu número de cuenta para el depósito. Te dará el boleto del tren para La Plata. La salida es de Plaza Constitución a las cuatro de la madrugada. Fue el más temprano que lograron conseguirte. Son las seis de la tarde. ¿Existe la posibilidad de cambiar el horario o el día? Graciela no lo sabe, preguntará a un colega, que tampoco sabrá responderle con certeza, en cambio, sugerirá tomar un autobús. En la Avenida de Mayo, en la parada del Obelisco, ahí mero, pasan a cada hora. Es cosa de ir y esperar, de lo más sencillo. El boleto del bus no es caro. Pero el boleto del tren ya está comprado y no se puede cambiar fácilmente. Si vas a Constitución tendrías luego que regresar a la Avenida de Mayo y con todo lo más probable es que debas esperar.

–Salvo que tú te pagues el boleto –te dirá Graciela.

–No pasa nada, dámelo.

Recorrerás la ciudad a pie para disfrutar de las vistas, el ambiente y para llegar cansado a la terminal. Constitución está a casi una hora de distancia. Llegarás rendido, solo para confirmar lo que ya te habían dicho: imposible cambiar el horario. Tendrías que pagar una multa o pagar un boleto nuevo. El costo no es excesivo, pero decides mejor esperar. Tienes el dinero contado. Aprovecharás la espera para revisar tu cuenta de correo electrónico y las redes sociales.

En el locutorio ubicado a una calle de la estación volverás a leer el correo de tu hija que te habla de los preparativos de la boda, te pregunta si quieres quedarte a dormir en su departamento o si prefieres un hotel. Ella te dice que será una fiesta pequeña, entre familia y amigos, en el jardín del edificio donde rentan. Quizá habría sido mejor quedarse en el hotel, pero los precios son exorbitantes y estás seguro de que a ella, a Ana, no le molestará tenerte en su departamento un par de noches. Para hacerle la vida más fácil, decidiste, eso sí, llegar el mismo día de la boda.

Recordarás que con ella, con Ana, y con tu exesposa Tania viajaron a la ciudad de Montreal en tu segundo torneo. Los tres juntos en la habitación del hotel pusieron tangos. Cuando tomaste a Ana de la cintura se puso derechita, erguida, su carita seria. Una niña de diez años y eran ambos de la misma estatura. Ella estaba feliz, radiante, animada, era la época en la que le gustaba el rosa: pantalones rosas, camisa rosa y suéter violeta. Dieron grandes pasos siguiendo la música, llegaron al muro y doblaron al unísono, como profesionales. Estalló ella en una carcajada y la agarraste más fuerte para que no se te fuera a desternillar de risa, te siguió como pudo, se contoneaba para luego erguirse más fuerte con una apostura de princesa. Tania tomaba fotos, felices, los tres juntos.

Ese fue el torneo en el que terminaste campeón. Allá por 1990.

Abrirás después las páginas de las redes sociales. En la LPA te piden un activismo en línea, pero no has querido hasta ahora escribir un texto más personal sobre tu transformación ni otro que esté claramente en contra del deporte. Tienes muchos enemigos que escriben en tu perfil, pero eso no te importa, la fama trae consigo su remanente de mierda. La única persona que en realidad te interesa es Judith Alves, la mujer que te llevó al deporte, brasileña y comentarista a nivel internacional. Fue ella quien formó a la primera pareja (Bahía y César), consolidó después la tradición del deporte contigo y finalmente se despeñó en el abismo con Tiberio. Su caída fue definitiva en los medios televisivos, pero siguió activa en las redes sociales. Como siempre que tienes un tiempo libre y entras al Internet leerás sus comentarios que son los de una mente superior, un rival que por ahora solo mides a distancia. Leerás un texto de Judith que arrasa contra todo lo que dijiste ese día en el escenario.

El deporte es una estructura que se impone al caos y al desorden de lo que deviene y no cesa, escribe ella. *El deporte es un orden creado que no deja de ser azaroso e impredecible con sus columnas de equipos enlistados por puntos y estadísticas, con su tradición de gestas memorables, de leyendas y de sus legados. Discutir sobre un deporte: ¡hay algo más amigable y afectivo sin dejar de ser intenso y violento! ¡Cuántas veces lloramos una derrota de un partido sumamente reñido! La victoria es la fiesta, el pecho en alto, y es también la eternidad inscrita en la historia. Las grandes civilizaciones empezaron con el deporte. ¿Imaginan la estatua clásica de un enano? Nadie la hizo en su momento ¿Por qué no hacerla ahora?*

El lanzamiento de enano es un deporte, continúa Judith. *Nadie le ha hecho caso, lo han despreciado, lo han acusado de denigrante, lo han ninguneado. Y sin embargo, nadie sale herido, nadie se golpea, no muere ningún animal. Son las Pequeñas Personas de América con su ideología triste, ciega, estéril, políticamente correcta, quienes luchan por si-* lenciarlo –sientes la lanza dirigida a tu corazón. *¡Fraca-* sarán! *Porque el deporte es un gran esfuerzo físico de los dos participantes, son años de tradición, de campeonatos, de le-* *yendas, de reglamento. Toma una pista, a dos guerreros, toma un torneo. ¡Y canta, enano!*

No tiene caso responderle. Por ahora es mejor esperar, continuar leyendo sus textos y obedecer a lo que te pide la LPA. Pulsarás en el espacio de comenta- rio y escribirás la frase de siempre: *El lanzamiento de enano es una práctica que denigra a las personas de nuestro tamaño.* Vencer con la repetición de la misma frase.

En menos de un minuto recibirás mentadas de madre, caritas enojadas, caritas burlonas y, sin em- bargo, Judith se quedará como siempre callada, ningún comentario ofensivo ni una respuesta personal de su parte. Silencio.

La madrugada se hará pesada dos horas antes de la sa- lida. A las tres de la mañana se te cerrarán los ojos, pero no querrás dormir por miedo a perder el tren. Es el día de la boda de tu hija y no quieres causarle ningún pro- blema, ninguna distracción. Dormirás en el camino.

Recordarás que en el viaje a Montreal, ella, tu hija, se levantaba a las siete de la mañana y se acurru- caba junto a ti debajo de las sábanas, te abrazaba y vol- vía a dormirse. Su cuerpo de niña de diez años, calien- tita, frágil, respirando sobre tu hombro, entregada a tu abrazo, a tu amor. Se quedaban debajo de la cama abrazados por casi una hora. Vamos, Ana, le dabas una palmadita en la espalda, hora de levantarse. Y ella se abrazaba más fuerte, entrelazaba sus piernas con las tuyas, encogía la espalda como si deseara convertirse en tu caparazón. Te impulsabas entonces con las manos y la ibas alzando del colchón, como si en realidad fuera parte de tu cuerpo. Dos personitas en una sola. Ella se reía en tu oído, hasta que ya no podías alzarla más, caías de vuelta a la cama y ella estallaba en una carcajada.

El anuncio de tu salida, finalmente. Subirás y buscarás tu número de asiento: ventanilla. Con el primer movimiento del tren pensarás si La Plata es en realidad la última parada. No quieres quedarte dormido y terminar en otra ciudad. Si La Plata es en realidad la última parada, ¿qué pasará si te quedas dormido?, ¿alguien vendrá a avisarte? O simplemente el tren se llenará de nuevo con gente que hace el recorrido opuesto y entonces tú, sin darte cuenta, regresarás al destino del que sales ahora. Son muchos riesgos. Lo mejor es cambiar la alarma de tu teléfono celular a la hora de la llegada y, por seguridad (las alarmas a veces no funcionan), estar atento, mantener un ojo abierto al paisaje. Podrás dormir todo lo que quieras esa noche después de la boda.

Habrán pasado tres años desde que no ves a tu hija, desde que ella decidió migrar a Argentina y trabajar en este país vecino donde se habla otra lengua, se tiene otra cultura, otra arquitectura, otra mentalidad.

Un lugar donde ya no pudiste acompañarla, a pesar de lo mucho que querías estar con ella.

Estabas, sin embargo, preparado para este cambio. Cuando Ana creció tomó distancia, se alejó de ti, se volvió huraña, callada, tímida. A pesar de que en su ciudad había una universidad cursó sus estudios en São Paulo. Querías visitarla, pero ella inventó siempre excusas. Parecía que no quería verte, que le dabas vergüenza. Así al menos lo entendiste. Tu hija habría olvidado los viajes a Tacoma y a Montreal, la pista de hielo, los castillos, los bailes, los juegos, para quedarse solo con la idea del deporte como algo indigno y denigrante. Ella nunca te pidió ni te reclamó nada. ¿Pero por qué se alejó tanto? ¿Por qué mudarse de ciudad para realizar los estudios y después, cuando ya era una mujer adulta, mudarse de país? ¿De quién huía? De tu figura de padre enano.

Ana te esperará en la central de trenes, viste un pantalón de mezclilla y una camiseta blanca, tiene el cabello negro, lacio, que le llega a la mitad de la espalda. Sientes que va a saludarte como lo ha hecho desde que cumplió los quince y te rebasó en estatura: poniendo el cuerpo duro, alzando el rostro al cielo, inmovilizada como si le atosigaran tus excesivas muestras de cariño. Ese fue en algún momento el acuerdo para que ella no tuviera siempre que agacharse, abrazarte y esperar a que la besaras. Pero esta vez querrás abrazarla, besarla, así que no le seguirás el juego. Esperarás a que ella lo entienda y se agache, te abrace con fuerza. Su cuerpo ha cambiado tanto y es a la vez el mismo.

La acompañará su madre y tu ex, Tania. Te sorprenderás de que sea ella y no el novio la que esté en el andén. Tu relación con Tania terminó de manera civilizada: firma de papeles, ninguna propiedad que compartir, ambos comprometidos con la educación de su hija, sin resentimientos. La saludarás con un reconocimiento de cabeza, una pregunta de compromiso y una respuesta igual, de compromiso.

Ella, Tania, se mantiene joven. Sus atractivos seguirán siendo siendo su cabello oscuro, su piel morena y un cuerpo delgado. Se casaron cuando tú trabajabas vendiendo neumáticos de importación por teléfono. Era ese un ambiente de gente mediocre, inmersa en la rutina, interesada únicamente en los días festivos y en las vacaciones. Recuerdas que la llevaste a la fiesta navideña porque tu jefe insistió en que fueran acompañados de sus familiares. Ella y tú llegaron al restaurante tomados de la mano y aun así tu jefe preguntó quién era.

–Mi esposa –le dijiste.

–¿Cómo?

–¡¿Cómo que cómo?!

El jefe no entendió y entonces ella te dijo al oído pero alto para que el otro también escuchara:

–Vaya pendejo.

Así era Tania.

Caminarán al departamento de tu hija, ubicado a pocas calles de la estación. Tu equipaje es ligero, no habrá necesidad de ayudarte. De todas maneras no habrías aceptado su ayuda. El aire es fresco, se respira un cielo de provincia, mucho más ligero y limpio que el de Buenos Aires.

La Plata tiene un diseño perfecto. Hay rotondas ubicadas proporcionalmente en los cuatro puntos cardinales. De las rotondas salen avenidas verticales que forman estrellas. Estas avenidas atraviesan el resto de las calles delineadas en forma de damero. Este orden tiene, por su misma perfección, un aire semejante al de un laberinto. El hecho de que en la zona central la arquitectura sea de finales de siglo XIX francés y en la periferia sean todas casas de campo de un solo piso agrava la sensación de vértigo.

Al llegar a casa, Ana y Tania prepararán el desayuno, mientras tú te instalas. El departamento es pequeño: en una primera habitación tienen la sala y la cocina, la recámara principal está separada de la cocina por un muro incompleto que sirve como una suerte de mampara; pasando la recámara, bajando dos escalones, tienen un estudio pequeño y el baño. El estudio será para ti. Entenderás entonces que Tania decidió quedarse con su marido en el hotel y decidió acompañarlos esa mañana a la estación solo para aligerar el trabajo de su hija. Ana despertará a Manuel, su novio, y los cuatro desayunarán en la mesa como una familia.

Entenderás cuando veas el roble del jardín y tres mesas formando un cuadrado abierto bajo su sombra que se trata del lugar perfecto. La música en el extremo más cercano a la casa con una sola bocina será suficiente.

Has dormido muy poco, pero te quedarás en la cocina hablando con Ana de su nuevo trabajo de maestra de lengua portuguesa. Manuel entiende sin problema el portugués, aunque solo habla español. Bromearán sobre las palabras que en un idioma se traducen mal al otro.

Tomarás un baño para refrescarte y, de pronto, será ya la hora del almuerzo. Te sorprenderás al ver que Ana tiene todo bajo control y que, al igual que tú, ha optado por ser práctica: entregarán la comida ya hecha a su domicilio, cada quien se servirá de las fuentes, en lugar de vajilla habrá platos desechables. De lo único que debe preocuparse es de colocar las copas y los cubiertos.

Llegará la hora.

Todos sus amigos e invitados sabrán quién eres. Ana les habrá advertido o quizá te han visto ya en la foto que ella tiene de ti en su sala. Es vestimenta casual. Portarás un saco café, camisa de vestir sin corbata y pantalones de vestir negros. Se reunirán en el jardín, abrirán las primeras botellas de whisky, empezará la música, muy baja, de fondo. La tensión se centrará en el juez. ¿Estará por llegar? Quedó que llegaría a las tres de la tarde. Son ya las tres y cuarto, tres y media. ¿Será pertinente marcarle? Aseguró con mucha formalidad que sí llegaba. Seguro será el tráfico. ¡¿Tráfico en fin de semana?! Finalmente llegará un poco agitado, pero sin pedir disculpas: su privilegio de juez. Jamás en tus cuatro años de torneo, aun cuando eras campeón, te habrías permitido llegar tarde. He ahí la diferencia entre el mundo real y el deportivo. En el deporte nadie se da privilegios.

El juez preguntará por la pareja, preguntará por los testigos. Sonreirá al verte. Cuando le digas con voz fuerte que eres el padre alzará las cejas, dudará un instante con una sonrisa estúpida y luego dirá con suma seriedad: Claro. Dará inicio a la ceremonia, lectura del acta, intercambio de anillos, aceptación de votos, y tu hija, de pronto, habrá creado su propia familia. Aplausos y beso. Serás el primero en felicitarla. Te habrás puesto a su lado para que no pueda pasarte por alto, voltear y abrazar a otro que no seas tú.

Se elevará el sonido de la música. Tomarán sus asientos, cada quien con su plato en la mano haciendo fila en las fuentes. Alguien, un amigo del novio, porque estamos en Argentina, habrá sacado el asado que ha encendido previamente y echarán unos cortes de bife y chorizo sobre las brasas. Habrá comida y bebida suficiente. Los padres de Manuel te preguntarán por tu trabajo:

—Comercio, además de dar una que otra conferencia aquí y allá.

—¿Conferencias de qué?

Harás como que no escuchas, darás la vuelta y verás a Tania con su marido. Él es oficinista, se presenta con un título distinto, más moderno, manager o asistente regional. Pero sabes que pasa ocho horas sentado frente a una computadora realizando ventas porque lo mismo hacías tú cuando conociste a Tania. Ella se carcajeaba de esa gente y ahora es parte de ellos. Contigo vivió el deporte, los viajes, las aventuras; con él, George, hablará de sus vacaciones.

La comida habrá terminado. Será el momento del brindis (respirar profundo, concentrarse, estás a punto de salir a la pista, el público clama tu nombre, las gradas tiemblan). Tomarás un tenedor y golpearás con él tu copa. Silencio.

Hablarás del momento en el que recibiste la noticia del embarazo, su nacimiento, sus años de niña inteligente, alegre, amorosa. Cuando Ana entró a la universidad –dirás– hacía tiempo que te había superado en inteligencia, en valentía y, sobre todo, en estatura. Risas. Has aprendido a aligerar la tensión que genera tu diferencia. Bromear es clave. Solo después de las risas te mirarán verdaderamente sin miedo ni lástima, sin temor a cometer un error. Mencionarás sus logros y tu orgullo de padre.

–En la vida te esperan muchos desafíos y muchos reveses –concluirás tu brindis–. Pero si algo puedes aprender de tu padre es que las caídas hay que enfrentarlas con casco, rodilleras y hombreras. ¡Salud!

Se escucha una carcajada reprimida en el extremo de la mesa. Tú no repararás en ella. Voltearás a ver a tu hija, listo para el primer baile, pero ella mira fijamente hacia un punto distante sin levantarse de su asiento. Piensas en darle la señal al músico, cuando de pronto un segundo brindis, del padre de Manuel, te lo impide. ¿Por qué no pusieron la música? ¿Por qué no se levantó Ana a bailar contigo? Tendrás que sentarte a escuchar las palabras de quien pareciera debe completar tu discurso, mejorarlo, como si el tuyo no hubiera sido suficiente. ¡Qué saben ellos de discursos! Cuando bajen de nuevo sus copas empezará una música animada y fuerte. Ana bailará con su marido. La pista se llenará de inmediato con el resto de los invitados.

Te quedarás sentado en tu asiento sin voltear a mirar al padre de Manuel, que se permitió pasar sobre tu autoridad. Hacerse respetar, obedecer las tradiciones, eso es importante. El primer baile de tu hija debió de ser contigo. Es una tristeza. Acaso su esposo y su familia la han cambiado tanto que ahora ella siente vergüenza de ti. Tranquilo. Quizá fue solo un error, un descuido del DJ, que debió haber puesto de inmediato una canción lenta, suave.

Beberás una copa de vino mientras esperas el momento adecuado para indicarle al DJ su error. El padre, yo soy el padre. Pero la música no cambia, es el mismo ruido, el mismo sonsonete. Desesperado te levantas y le dirás primero a gritos y luego al oído: Una canción para bailar con mi hija. Te quedarás a su lado como si lo tuvieras que vigilar, mirando alternativamente a su computadora y a tu hija, que pareciera haberte olvidado.

Empezará la canción. Es una boda familiar. En el jardín de la casa no hay micrófonos ni un gran equipo de sonido. El DJ te dará un empujón en el hombro como si se tratara de un amigo dándole ánimos a otro. A pesar de tu enojo apreciarás el gesto porque te ayuda a caminar al centro de la pista, tomar a tu hija de la cintura y pedirle a Manuel que se retire. Él es un buen muchacho, sensato, respetuoso. Junta sus manos a manera de disculpas, agacha la cabeza y los deja a los dos solos.

Tomarás a Ana de la cintura. Su vestido ajustado de una tela fina blanca te permitirá sentir, con el vaivén de la música, sus piernas, su estómago, sus caderas. Es una mujer y sigue siendo a la vez tu niña. La vas llevando con el ritmo de la canción. Sentirás de pronto su abrazo, sus dos manos sobre tu espalda y la manera en la que dobla las rodillas e inclina poco a poco su mejilla hasta tocar tu cabeza. Eres feliz. Todo habrá tenido sentido, tus viajes con ella al extranjero, la posibilidad que te dio el deporte de educarla, la renuncia cuando ella supo más y no quiso o no pudo entender. Sentirás su cuerpo y sabrás que, a diferencia tuya, es alguien completo, entero.

Alzarás finalmente la mirada, orgulloso de que los vean juntos, bailando, orgulloso de la figura de padre que representas con ella. Y te darás cuenta de que a unos metros de distancia, en la pista, están tu ex y su pareja bailando. ¡No pudieron esperar! Los hijos de puta se pusieron a bailar justamente esa pieza. Que los jóvenes hayan saltado como monos a la pista podías entenderlo, que el DJ pudiera pasar por alto esa primera pieza lo perdonabas, pero ella, Tania. ¡Por qué ese afán de opacarlo!

Cuando regreses a la mesa te servirás una copa de whisky, dejarás pasar unos minutos hasta fijar tu mirada rabiosa en ella. Que voltee, que te reconozca, que sepa quién eres, el padre de su hija, su primer marido, el campeón del deporte, el mismo que tuvo el valor de renunciar a todo. Ella, en cambio, quién es. Acaso cree que por pagarse un cuarto de hotel en una ciudad de provincia argentina es mejor que tú. Tú, Gastón, Augusto, fuiste y te hospedaste en los mejores hoteles de Tacoma y Montreal, todo pagado, con invitación y hasta súplicas.

Tania notará finalmente tu mirada y, sin disculparse, te dirá que cuides tu bebida.

–Estaba bailando con mi hija –le dirás en un tono de regaño personal que, sin embargo, se escucha en gran parte de la mesa.

Simulará no entender o quizá no entiende. Le señalarás el lugar de la pista donde ella salió a bailar con su pareja, como si les urgiera, como si no pudiera esperar otro baile. Una vez que ellos invadieron la pista, el resto de los invitados se sintió con la libertad de hacer lo mismo. Finalmente Tania entenderá tu queja o quizá no, quizá solo alzará las cejas, exhalará y te dará la espalda con una señal de hastío. Otro whisky.

Cuando voltees a mirar a tu hija para preguntarle cómo se la está pasando te darás cuenta de que ya no está a tu lado. Habrá dejado la mesa de la familia para sentarse con sus amigos. Estarás solo. Con Tania y su marido a un lado y los padres de Manuel en el otro, sin ganas de hablar con ninguno, con la sensación de que no han respetado tu posición de padre.

–La bebida –escucharás que te dice de nuevo Tania– ¡Cuidado!

Podrías arrojarle el whisky en la cara, pero sabes que tu hija te mira desde la otra mesa, nerviosa y preocupada. Respirarás profundo, te empinarás el vaso y te levantarás para entrar al departamento.

En el estudio que han adaptado para ti, un cuarto diminuto con la computadora, algunos libros y un sofá cama, te tomarás la cabeza con las dos manos: esto es lo que has obtenido con los años, este es tu reino, este es tu legado.

Te rehusarás a dormir en el mismo departamento, a unos metros de distancia de la habitación donde tu hija y su esposo pasarán su primera noche de casados. Quizá ellos han olvidado quién eres, quién fuiste. Caminaste en otra época sobre los pasos de un campeón, viajaste por el mundo y enfrentaste grandes desafíos en ciudades extranjeras de América del Norte. Alguien que logró esas alturas no puede permitirse caer tan bajo.

Saldrás a caminar por esa pequeña ciudad de provincia argentina donde tu hija cree que puede escapar de su país, de ti, de su pasado. Pero nadie escapa. Yo, Gastón, me dejé lanzar por los aires. Imposible olvidar. Eso era yo, Gastón, esa cosa. Me ponían un arnés en el cuerpo. Campeón mundial en Tacoma y Montreal.

Caminarás en línea recta a sabiendas de que será más fácil así regresar. Pero entonces se cruza una diagonal con más vida, luces, coches y gente en las aceras. La tomarás a la izquierda. Después de otros quince minutos verás un bar. Es sábado en la noche pero las mesas están casi vacías. Hay suficiente lugar en la barra.

En el bar atiende una joven muy bella, de cabello corto castaño, ojos claros, rasgos muy finos. Te preguntará de dónde vienes. Brasil. El nombre bastará para que se le iluminen los ojos. Eso te dará confianza para hablarle.

–Vine a dar una conferencia en Buenos Aires.

Beberás un trago de cerveza, la mirarás de nuevo y le dirás:

–Fui dos veces campeón mundial.

–Felicidades.

Cuando ella regrese para saber si quieres algo más le preguntarás si hay un locutorio cercano, un lugar donde poder conectarse al Internet. Ella te dará direcciones que no entiendes. Te pedirá entonces que la esperes un momento.

–Es mía –te llevará una computadora portátil que coloca en un extremo de la barra. Ingresa su contraseña y voltea el monitor de la pantalla.

–Adelante, campeón.

Le agradecerás el gesto y pedirás otra cerveza.

Revisarás tu correo electrónico con pleno conocimiento de que Graciela te escribirá hasta el día lunes para confirmarte tu pago. Cerrarás la página para entrar a la de Judith Alves. Una y otra vez sobre el mismo tema. ¡Cómo es posible que esa mujer escriba tanto del deporte! Cómo es posible que él la busque, la lea, discuta con ella a diario. ¿Por qué le hace tanta falta?

Creo que parte de mi interés en el lanzamiento de enano es que se trata de una gesta, de un desafío –escribe Judith–, *pero con un giro especial. El enano está haciendo el ridículo. Esa es la premisa para aquellos que justifican su prohibición. Pero ¿cuál es el verdadero problema con el ridículo? ¿Ridículo en relación con quién o con qué? Los adolescentes buscan el ridículo con sus vestimentas, sus actitudes, su rebeldía. Los niños practican el ridículo con espontaneidad y alegría. Es en la llegada de la madurez cuando el ridículo nos afecta, nos da miedo, coraje, rabia y frustración. ¿Por qué yo? ¿Por qué siempre yo? Pero ¿podríamos hablar de un impulso al ridículo que comparte fuerza con el impulso al desorden, al caos, a la irreverencia? El ridículo sería entonces una fuerza creadora: el loco, el pícaro, el bufón y el enano. Burlarnos, despreciarlos o encerrarlos no los va a hacer desaparecer, tampoco los desacredita. Esto deberían saberlo las Pequeñas Personas de América que censuran el deporte por ser políticamente incorrecto. En el lanzamiento de enano hay un impulso a la locura, al humor involuntario, a*

59

la burla que podría ser también luminosa. Hay un eclipse de luna.

Por costumbre abrirás el espacio de comentarios y empezarás a teclear la respuesta de siempre: *El lanzamiento de enanos es...* Te detienes. Borrarás lo escrito. Volverás a leer el texto de Judith.

La noche transcurre sin que puedas entenderlo. Leerás los comentarios, algunos de halago, otros de una sola frase igual a la tuya, de alguien más que apoya o pertenece a la LPA. Escribirás: *Fuerte es aquel...* Te detienes. Escribirás de nuevo, *Fuerte...*, y luego pedirás otra cerveza.

Cuando separas la mirada del monitor te encontrarás de pronto solo en la barra. La mesera te servirá un último trago de cortesía.

Hablarás con ella de lo que haces en La Plata, de la boda de tu hija. La mesera no la conoce, pero el nombre del esposo le suena. Cree haber estudiado con él en la misma primaria, pero en años distintos. Quizá se cruzaron. La Plata es una ciudad pequeña. Cuando termines la cerveza serán los únicos en todo el bar. Delfina ha limpiado la barra, ha organizado las botellas, los vasos. Te disculparás por mantenerla ocupada hasta altas horas de la noche.

—Regrese con cuidado —te dirá.

Bajarás del banco con esfuerzo, te concentrarás para no tropezarte contra las sillas, sales a la avenida. Mirarás a ambos lados y tomarás el camino que crees te llevará de vuelta. Después de cuatro calles doblarás a la derecha. Al instante dudas de si es el camino correcto. Harás cálculos, cinco calles y luego vuelta a la derecha en la diagonal, ¿o fue a la izquierda? En la diagonal caminaste tres calles más, ¿o fueron cuatro? Todas son casas de un piso con jardín y reja. ¿Las aceras? Las aceras son todas de bloques con diseños cuadrados.

Dormirás sentado en la banca de un parque. Te detuviste a tomar un descanso. La noche de verano era cálida, los árboles alrededor daban una sensación de bienestar y de calma. Poco a poco te fuiste quedando dormido. Despertarás con la claridad del día.

En la banca de en frente verás a una persona acariciando a su perro, te saludará con una sonrisa. Le devolverás el saludo y, al inclinar la cabeza, sentirás la punzada. Estás crudo, has dormido mal y tienes hambre.

Verás la hora en tu teléfono. Siete de la mañana. Te levantarás con la intención de preguntarle al señor por un restaurante cercano. Pero te detiene la duda de saber si la sonrisa con la que te saludó fue de empatía o de burla. Eso bastará para que decidas mejor pasar de largo, no hacerle el juego: no necesitas de sus direcciones. Aunque en realidad sí las necesitas. Estás perdido. La ciudad laberinto de diseño perfecto te ha tragado. Cualquier calle recta o diagonal te lleva a otra idéntica. ¿Cómo salir? ¿Cómo entender?

¡Los números! ¡¿Cómo no lo pensaste antes?! Tienes la dirección de tu hija en un papel. Revisarás desesperado tarjetas, recibos, el monedero. Hasta dar con ella. ¡Eureka! Calle 6, entre Diagonal 78 y Avenida 60.

Caminarás en busca de un café abierto. Es temprano de un día domingo en una ciudad de provincia. Debes encontrar una avenida o una diagonal, en ellas están los negocios. Debes buscar entre las calles rectas una que, de pronto, la atraviese.

Darás con lo que estás buscando, doblarás a la derecha y en menos de media hora habrás encontrado el lugar indicado. Al entrar pedirás el desayuno campesino. El dolor de cabeza disminuye, te quedará únicamente el cansancio. Tendrás que aguantar un poco más. Le llevas a la mesera el papel con la dirección. Le da una ojeada, te mirará evaluando qué tanto puedes reconocer las direcciones de la ciudad y, finalmente, te hará una señal con el dedo para que la esperes. Regresará con un mapa.

No es posible. Has recorrido la ciudad de un extremo al otro. ¿A qué hora? ¿Cómo?

Antes de que se despida le preguntarás por la estación de trenes. Te la señalará con un punto en el mapa. Recorrer el camino de vuelta a casa te tomará alrededor de una hora. Pero ahora tienes la clave del laberinto. Saldrás, mapa en mano, a buscar el camino.

Son casi las doce. Seguro que estarán ya despiertos. Tocarás a la puerta. Abrirá ella. No te devuelve el saludo.

Reconoces las fuentes de comida y las copas de la fiesta sobre el escurridor del lavabo. La comida estará en el refrigerador y los platos reciclables en la basura. Habrán trabajado en eso durante toda la mañana. Habrán desayunado juntos, los recién casados. Fue mejor que no estuvieras con ellos, no era tu lugar. Y a pesar de eso notarás que ella está molesta.

No querrás discutir, así que caminarás a tu habitación, que está al fondo del departamento. Alistas un cambio de ropa y entras al baño. El agua caliente calma el latido de tus sienes. Saldrás del baño con hambre.

–¿Dónde dormiste anoche? –te preguntará tu hija.

–Por ahí, es una ciudad muy tranquila –responderás sin poner gran atención a su enojo.

–Preparamos el cuarto para ti, nos dijiste que te quedarías en el departamento –continúa ella, y entiendes que se vienen problemas.

–¿Ya comieron? Hace hambre.

No vas a permitir que ella te regañe. No vas a hacerlo. Eres el padre.

Manuel aprovechará para responder que aún no, pero basta con recalentar la comida de la fiesta. Lo puede hacer en unos minutos. Ella y su padre pueden sentarse. Él se encargará de todo.

–¿Una copa de vino?, ¿cerveza? –te preguntará Manuel.

Pedirás una cerveza y Ana se sentará al otro lado de la mesa con una copa de vino que le pone Manuel en frente. Habrá un momento de silencio, de tensa calma en el que solo se escuchará el ruido de los trastes, la puerta del refrigerador y el timbre del horno encendido. Cuando Manuel atraviese la sala para encender el estéreo ella volverá a lo mismo:

–¿Por qué no te quedaste mejor en el hotel? Te preguntamos y nos dijiste que preferías quedarte aquí con nosotros. Te preguntamos. Y te saliste a la medianoche sin decirnos nada. No sabíamos dónde estabas, qué te había pasado.

–Ana –le dice Manuel.

–En mi noche de bodas. Decidiste perderte justo en esa noche.

–Hice varios sacrificios para venir aquí –le responderás–. Tuve que gastar parte de mis ahorros en el viaje.

–¡¿O sea que además querías que te pagáramos el viaje?!

–No dije eso.

–Estamos iniciando una vida juntos, apenas tenemos para pagar este departamento, para la boda, y querías que pagara lo tuyo. ¿Eso querías?

–Podrías haberme ayudado con una charla o una conferencia. Adonde quiera que voy me contratan para eso. Di una charla en Buenos Aires, bien pude haber dado una aquí.

–¿Qué? ¿De qué hablas?

–En tu escuela, por ejemplo. Seguro que les habría interesado.

Ella se cubre el rostro con las manos.

–No, por favor. No otra vez.

–No me avergüenzo de lo que hice, ni me avergüenzo de quien fui. Si tú no quieres que nadie sepa, es muy tu cuento. Haz lo que quieras. Sal de la ciudad, sal del país, vete a Marte si quieres.

Por un momento temes que ella esté a punto de tomar la copa y arrojarte el vino en la cara. Jamás lo habrías imaginado, no de ella, de tu hija, pero por otro lado sabes que tiene un lado impulsivo e impredecible, un lado que desconoces.

–Tienes mierda en la cabeza. Me importa un carajo lo que hayas hecho, ¿me entiendes? ¿Cuántas veces tengo que decírtelo?

–Párale, Ana.

–¿Por qué siempre tienes que venir con lo mismo y lo mismo y lo mismo? Pareces un tarado, un idiota.

Tomarás un trago de cerveza y la dejarás sobre la mesa con una mueca de odio y de desprecio.

–Estás haciendo una escena. Tranquilízate.

–¡¿Por qué no me dejas de una buena vez en paz?!

Se acabó. Escucharás su llanto y eso, más que las palabras, te partirá en dos. Te quedarás sentado en la mesa mientras que ella se levanta y va a su cuarto. Escucharás entonces que revuelve el armario en busca de una camisa. Pasará de nuevo a tu lado para salir por la puerta que da a la calle. Manuel la seguirá, dejando el horno encendido.

Buscarás una botella de whisky. Te servirás un trago generoso. El alcohol, tomado de golpe, te sacará una lágrima.

Empacarás tu mochila. Viajas ligero, aprendiste a hacerlo desde los torneos y has mantenido esa costumbre. Pensarás en escribir una nota: Perdón. Pero al final no lo haces, no eres tú quien debe pedir disculpas. Abrirás el mapa de la ciudad, localizarás la estación de tren y saldrás de su casa después de haber comido y bebido.

El depósito de tu charla en Buenos Aires llegará a tu cuenta de banco mañana o al día siguiente. Graciela hace todo lo posible para acelerar el trámite pero no siempre corre con suerte. En fin. Tendrás lo suficiente para ir a Buenos Aires. Podrás esperar ahí el depósito y con ese dinero regresar a casa. Ya no tiene sentido quedarse en La Plata. Temes encontrarte con Tania, volver a discutir con Ana y dormir en ese estudio minúsculo que te hace sentir como el niño castigado de tu hija.

Comprarás un boleto a la estación de Constitución. Viajarás un par de horas. Llegarás a tu destino a las dos de la madrugada. La fatiga y la cruda se confunden en un constante dolor de cabeza, una hinchazón de los ojos y una pesadez en todo el cuerpo. Te

duele la cadera, posiblemente los riñones, y las rodillas. Has pasado mucho tiempo sentado y caminando.
Necesitas recostarte. Te sientes torpe, enfermo.

Te arrepentirás de no haberle escrito la nota, de
no haberle dicho algo más, de no haberte quedado para
hablar con ella. Quizá todo se habría podido resolver
hablando. Te quedará únicamente el recuerdo de su
cuerpo junto al tuyo bailando, su mejilla posada sobre
tu cabeza.

Fuiste campeón de un deporte. Competiste en el torneo
de Tacoma y de Montreal. El deporte se consolidó contigo. Se volvió profesional. Hubo público en Brasil, México y Argentina. El deporte había sido una diversión
de bares, un entretenimiento de algunos pocos, casi
clandestino en Suiza y Australia. Te acompañó Judith
Alves organizando entrevistas, programas de opinión
y escribiendo reportajes. Ambos cambiaron el deporte.
Tú eres Augusto, te decía ella, y sobre ti vamos a cons-
truir este imperio. Se reían, y ahora tú, al despertar de
una tercera noche pasada sobre una banca, volverás a
sonreír recordando.

Estarás de vuelta en la gran ciudad. Ríos de
gente, coches y locales donde poder desayunar. Caminarás después por Avenida de Mayo pero el dolor de
rodillas es cada vez más intenso. Debes detenerte una
y otra vez a descansar. Comerás un pedazo de pizza
sentado en una banca de un parque. Por fin en la tarde
llegarás a la estación del Retiro. Revisarás en un cajero

tu estado de cuenta, nada, no puedes comprar tu boleto. Al menos habrá sillas disponibles en la estación.

Los anuncios en los altavoces, los pasos de los viajeros que se acercan y el temor a que te roben la cartera te impedirán tomar una siesta. Cerrarás los ojos y respirarás profundo. Eso al menos ya es un descanso.

Estarás mareado. Seguro tienes la presión alta. Necesitas un baño. Debes tomar agua para que te funcionen los intestinos. Una cerveza estaría todavía mejor. Pero no querrás gastar tu poco dinero en eso. Pensarás en volver a La Plata, con tu hija, hablar con ella, pedirle disculpas. Pero el dolor de rodillas no te dejará mover, ni el cansancio. Entonces pensarás en hablar con ella por Internet. Buscarás un locutorio.

Una vez frente a la computadora abrirás tu correo electrónico. Vacío. Ana no te ha escrito. Lo cierras y decides averiguar si Judith ha subido algo nuevo en su página. Nada. Agacharás la mirada al tablero, pondrás los dedos sobre las teclas y sin pensarlo dos veces empezarás a escribir: *Yo, Gastón.*

Y de nueva cuenta: *Yo, Gastón.*

Y ahora, finalmente: *Yo, Augusto. Yo, enano. Yo, emperador.*

Alzarás la mirada a la pantalla para ver lo que has escrito.

Yo, Augusto, fui un jugador brasileño que compitió en el deporte. Al comienzo no entendía qué era lo que debía hacer, ni tampoco le veía lo deportivo. Fui aprendiendo en las competencias. Llegué al primer torneo con mi familia, mi pareja y mi entrenador. Cuando salí a la pista y gané, supe que era bueno. A diferencia de los otros, no me ponía nervioso, lograba concentrarme frente al ruido de los fanáticos, entendía la dinámica del vuelo y sabía explotarla. Casi al mismo instante en que descubrí esto, supe que ya no me pertenecía del todo, que ya no estaba solo, que conmigo había mucha gente y que siempre sería algo más que mi persona, sería un símbolo.

Con los años, he convertido ese símbolo en algo que lucha contra el deporte. Creí que a mi familia no le gustaría ese legado. Creí que a mi hija eso no le iba a ayudar en la vida. Ella es una joven guapa, inteligente, pero uno como padre siempre quiere facilitarles el camino a los hijos. Temí que el deporte podría ser un obstáculo para ella.

Pero yo no siento vergüenza del deporte. Yo soy un enano, un campeón y un emperador. Yo soy Augusto y sobre mi legado se construyó un imperio.

Copiarás el mensaje, abrirás la página de Internet de Judith y lo pegarás en sus comentarios. Luego abrirás tu página de perfil y lo pegarás en ella. Ana, tu hija, tiene acceso a esa página. Podrá verla. Quizá ese día al notar tu ausencia le preguntará a Tania por ti. Te buscará después en la estación de trenes. Podrán decirle que vieron a alguien de tu talla tomar el tren a Buenos Aires. Sabrá que dejaste La Plata, que estás en una ciudad extranjera sin ningún conocido y sin dinero. Vendrá por ti.

Pasarás el resto de la hora que pagaste frente a la computadora, atento a un comentario suyo. Aparecerán al instante caras de sorpresa, de enojo, comentarios de fanáticos, de gente del deporte, de la LPA. Algunos no entienden, otros te reclaman, otros te aplauden, otros se burlan y otros exclaman: ¡César!

Cinco minutos para que se acabe la hora y recibirás el primer mensaje de Judith en casi veinte años. Son sus primeras palabras, su primer comentario, y es como si el tiempo no hubiera pasado para ustedes. Ella escribe: *Yo, enano. Yo, emperador.*

Un minuto antes de que termine tu tiempo te darás cuenta de que otras personas han replicado esta frase. La escriben entre sus comentarios y en sus perfiles. Quieres ver si entre ellos está Ana, si ella te ha leído, si ella sabe. Se acabará el tiempo.

Te levantas del sillón sin deseos de seguir ahí. Has hecho lo que tenías que hacer. Ahora la esperarás sentado sobre la banca de la estación. Revisarás tu teléfono, le subirás el volumen al máximo para escucharlo en caso de que te hable. Mirarás constantemente las puertas de entrada para ver si una de las jóvenes delgadas, de cabello negro lacio es ella.

Te recuestas sobre la banca, cierras los ojos, respiras hondo y te quedas dormido profundamente. El cansancio de los últimos días se te viene encima. La gente te dejará descansar en paz. Nadie se atreverá a robarle a alguien como tú. Dormirás y, de pronto, escucharás su voz, como antes de salir al escenario, esa voz de niña juguetona y traviesa, esa voz de mujer que te dice papá. Crees sentir sobre tus hombros su mano que te acaricia suavemente, que te remueve después con fuerza. Pero seguirás durmiendo por miedo a despertar y no encontrarla a tu lado.

Tiberio

—Era el derroche, la fiesta, la culminación de ocho años de triunfos. Habían organizado todo para que el equipo local festejara en grande. Y nadie, ninguna parejita de mierda australiana les iba a arruinar su festejo.

Era tu primer torneo internacional y estabas impactado. Los hospedaron en un hotel con vista a la bahía de Porto Alegre. Estaban en él todos los competidores del deporte, aquellos que después serían leyendas pero que entonces pensaban solo en vencer a Bahía con su nuevo enano. Los brasileños habían obtenido tres títulos al hilo: Adelaida, Tacoma y Montreal.

–Había afiches por todos lados de César y de Augusto cargando sus trofeos, volando, mirando a la cámara, festejando. Estaban vestidos, como siempre, de emperadores romanos: el peto dorado, la capa escarlata y un casco con penacho rojo. ¡Haberlo visto!

Tú optaste por un estilo distinto, más artístico y moderno. Una cinta en la cabeza y una estrella pintada en la mejilla; el cabello largo rubio y ondulado sobre el cuello. Tu lanzador y tú usaban mallas del mismo color morado. Querías cambiar el discurso, crear un nuevo paradigma. De la seriedad del imperio clásico a la aventura y el arrojo de los jóvenes rebeldes de un suburbio australiano. Eligieron como nombres Mr. Nice y Stardost.

–No éramos los favoritos.

Visitaste el escenario un día antes de la inauguración, para reconocerlo, asimilarlo, evitar que te asustara. Había cabida para tres mil personas. Te pareció muy ambicioso, exagerado, hasta ingenuo haber organizado ahí un torneo de lo que hasta hacía poco era una diversión de bares.

El lanzamiento de enano no era un deporte popular. Carecía de un organismo oficial, de una tradición escrita y de una gran difusión en los medios. Aquello sería un fiasco. Caminaste de vuelta a tu habitación del hotel y, para calmar los nervios, extendiste sobre la cama tu vestimenta y tu equipo, practicaste caídas sobre la cama y te quedaste dormido viendo una serie de televisión doblada al portugués.

–Me dormí como en mi casa, tranquilo y sereno. Desperté fresco. Nada me hacía pensar en que ese no sería un torneo normal. Si alguien me hubiera dicho que ese torneo sería el principio y el fin de algo, que algo nacería y tendría que morir, quizá habría empacado mi maleta y me regreso a Adelaida.

César dejó el deporte después del artículo que de ellos escribió la crítica y comentarista Judith Alves. Recuerdas haberlo leído en una revista local de Adelaida, y haber pensado que más que una pareja de deportistas Bahía y César parecían integrantes de una banda de rock en gira artística.

El artículo iniciaba con la noche previa al torneo, en una fiesta en el hotel, cuando Bahía conocía a una fanática del deporte. Dormían y festejaban juntos, bebían hasta altas horas de la noche y ella se paseaba por la ciudad de su mano, tomándose fotos con él. En las competencias ella ocupaba la primera fila y en la foto de la final se le veía corriendo desde su asiento a su encuentro para abrazarlo y besarlo.

A César, Judith lo retrató en una lucha contra los demonios de la vanidad. El enano de apariencia seria y mesurada estallaba en reacciones de locura en las fiestas que siguieron a sus primeras victorias. En todo momento se siente la angustia de quien escribe y desea sinceramente que los brasileños terminen campeones. La escritora, de hecho, tanta era su fe y tanto su compromiso con ellos, podría confundirse en ocasiones con la figura de su entrenador o con la de un fanático. Los competidores son sus ídolos y a la vez sus criaturas. Quiere encaminarlos al éxito, pero ellos toman siempre el sendero más torcido. En una escena final, después de haber ganado el trofeo, durante el festejo apoteósico en el que Bahía y su amante se bañan en champaña, César sale a la terraza de su hotel, se sube a la baranda y salta a la piscina desde una altura de casi diez metros gritando ¡soy un Dios!

Alcohol, drogas y mujeres. Gritos de un público fanático al ver y escuchar entrar a sus competidores favoritos. Vuelos, golpes, caídas. Decidiste en ese momento formar parte de ese mundo. No tenías muy clara todavía la vestimenta, ni quién sería tu pareja, pero supiste que querías entrar al escenario con una canción de AC/DC.

El escenario se llenó hasta el tope. Había alrededor de la pista imágenes de columnas romanas; en cada hilera del público coronas de olivo. Abajo de la pista, a unos metros de distancia de la acción, estaba el equipo de medios: cámaras y una mesa con los comentaristas. En el centro de todos ellos mandaba Judith Alves.

–La escuela de lanzamiento brasileña es la mejor. Nadie ha ganado más torneos que ellos. Punto. Paren la discusión. Es la mejor de todos los tiempos. Y ella, Judith, fue la que creó esa escuela, ella reconoció en César a un campeón, ella lo inmortalizó en el artículo que después inspiró a muchos de nosotros. Cuando César dejó el deporte, Judith tuvo el genio de descubrir a Augusto. Y ahí sí aquello fue definitivo. Augusto era otra cosa, no era de este planeta. Era como si de antemano supiera las estrategias de cada rival, que alguien le instruyera a atacar en el punto falible de cada contrincante, retorcerles el corazón y arrojarlo al piso. Ese enano tuvo un pacto con el demonio. O quizá fue el demonio encarnado. Créanme.

La recuerdas feliz, oronda, plena de sí misma. Estaba en su país, en el centro de la mesa de comentaristas frente a un set de grabación que si bien era de una productora local dependía de Globo. Judith habló de los competidores como si fueran las piezas de un ajedrez en el que ella era la reina. Los conocía a todos. A ti te había visto llegar al torneo anterior pidiendo in-

dicaciones, preguntando qué hacer con tal o cual for-
mulario. Pudo haberte ayudado incluso a ponerte las
hombreras y el casco. Los conocía a todos y sabía –o
creía saber– cómo terminaría aquella historia.

–Judith merece más reconocimiento, no pode-
mos olvidarla. Entiendo la gravedad de lo que sucedió
después, pero también hay que entender su situación.
O no. Quizá no haya que entender nada de eso. Hay
que concentrarse en lo deportivo. Y en eso Judith merece estar entre las mentes más agudas y avanzadas de
su tiempo. Punto.

Apagaron las luces y anunciaron el ingreso de
los primeros equipos. Competían los campeones contra la pareja más débil de su grupo, el Terremoto y la
Pequeña Muerte. Entraron primero los rivales ingleses.
Hubo aplausos y algarabía de los que sentían el rena-
cer, después de dos años de espera, del deporte. Los
ingleses saludaron al público, se sentaron en su banca
y esperaron.

–De pronto se escuchó la música con tanta in-
tensidad que el público entero guardó silencio. La canción era de un ritmo brasileño suave, cadencioso. Pensé
que no era la música apropiada para acompañar el ingreso de los campeones. Pero entonces se abrieron las
cortinas y de ahí salieron elefantes. E-le-fan-tes.

Detrás de los elefantes, cargado sobre un bal-
daquino, salió Tiberio vestido de emperador romano.
Y después salió Bahía rodeado de una batucada. Hubo
un rugido del público y una sonrisa de victoria de Judith Alves.

–Ahí los únicos favoritos eran los brasileños. Y eso lo digo yo. Así que alguien más que diga lo contrario está mintiendo.

Empezaron su torneo con una falta de Bahía. Habría sido grave si hubieran cometido una segunda: una derrota en su primera competencia y cambiaba el orden del grupo, las clasificaciones, en fin, una desgracia. Pero sacaron la victoria en el segundo lanzamiento.

–Nadie en ese momento dudaba de su calidad, creímos que estaban distraídos, con toda la fiesta y el derroche. Era normal. Estarán tan aturdidos como todos nosotros. Una falta tampoco es grave. Hasta en los mejores competidores.

Eso mismo pensó Judith, que habló en el programa de televisión de la posibilidad de cortar el show, quitar a los elefantes y volver a las raíces de lo deportivo. Deseaste que le hicieran caso, no querías tener a esos animales rondando la pista en caso de que tuvieras que enfrentarte contra ellos.

–Eran bastante intimidantes. Calaban los huesos verlos salir al frente de Tiberio.

En la mesa de discusión acompañaban a Judith dos comentaristas. Ella daba el análisis, los pronósticos y emitía los juicios definitivos de cada competidor. Uno de los comentaristas explicó el reglamento del deporte parado ante un pizarrón. Otro leyó efemérides de las gestas y las leyendas… Todo aquello que ahora se puede leer en la página del deporte que creó Sir Lenny:

mta-sports.com. Judith los saludaba a los dos con una sonrisa de oreja a oreja.

Recuerdas algunas anécdotas de Augusto que Judith escribió durante años. Al igual que César fue un enano integrado al mundo, con una rutina de burócrata y casado con una mujer de talla normal. El quiebre sucedió de manera intempestiva. Conoció a César en un bar, durante una fiesta. César le contó sobre el deporte, su campeonato y su renuncia. Tenía la posibilidad de viajar por el mundo, conocer y competir contra enanos extranjeros. La paga era buena si resultaba ganador.

La vida en su aspecto de las relaciones sociales le costaba a Augusto un esfuerzo extraordinario, el hecho de que se hubiera acostumbrado a sufrirlo no significaba que era menos pesado. Después de ese encuentro con César padeció de insomnio, seguido de una depresión muy grave en la que terminó en la cima de su edificio pensando en saltar los dos pisos a la calle. El recuerdo de la muerte ligado al vuelo estuvieron presentes en cada uno de sus lanzamientos.

A diferencia de César fue un competidor receptivo a las críticas, centrado y humilde. Pasaba los torneos ejercitándose y con su familia. Su esposa e hija fueron primordiales para que no perdiera la brújula. Los competidores las conocían bien, sobre todo a la niña, con la que jugaban en los tiempos libres que les dejaba el torneo. Jugaban a todo menos al lanzamiento.

Porque ese no es un juego, el lanzamiento es un deporte muy serio, en el que tu papá es campeón. Ana respondía apretando los labios con el ceño fruncido.

Pero el verdadero genio de Augusto no estuvo en su técnica, ni en sus vuelos suicidas, ni en su disciplina. De acuerdo con Judith Alves, Augusto tenía algo que ningún otro enano había tenido antes y quizá no tendrían después de él. Nervios de acero. Previo a los vuelos, con los que ganó cada uno de sus dos torneos, evaluaba con parsimonia al contrincante y la distancia que debía obtener. Durante el vuelo manejaba su cuerpo como una máquina. Sabía antes de aterrizar que ya había ganado. Su respiración –concluía Judith– era un diapasón que marcaba siempre el mismo tiempo, y los otros, por más que intentaron cambiarlo, terminaron bailando a su ritmo.

Los brasileños tuvieron una primera ronda bastante deslucida, ganando de manera apretada contra contrincantes débiles. Usaron en las tres ocasiones sus dos lanzamientos. En la última competencia, la más reñida del grupo, tuvieron que remontar en el segundo lanzamiento un déficit de casi medio metro. Viste entre el público los rostros angustiados de niños que preguntaban a sus padres si Bahía y Tiberio serían en realidad los campeones. Siempre lo han sido, les respondían. Están guardando lo mejor para el final, están engañando al contrincante, no quieren revelar toda su estrategia.

–Cualquier cosa, menos dudar de Bahía ni de Judith. Ella había elegido a los últimos campeones y él estaba invicto. Imposible dudar de ellos. Yo, al menos, no iba a dudar. Jamás.

Al ver a los brasileños pensaste incluso en cambiar de estrategia. Postergar el esfuerzo para las competencias que más importaban. Le comentaste esto a Mr. Nice, tu lanzador, que te miró sin entender. Estás pensándolo demasiado, vinimos a divertirnos, te dijo. Esto es un juego.

Mr. Nice te mantuvo firme. Un enano sin un lanzador legendario no puede terminar campeón. Lo mismo sucede cuando el lanzador está solo.

Pero ¿quién era Tiberio? ¿Por qué lo habían elegido? ¿Era el verdadero sucesor de Augusto?

Concluyó la primera ronda. Al día siguiente, mientras buscabas por los camerinos al masajista, adolorido y golpeado después de un proceso de clasificación complicadísimo, descubriste algo que jamás hubieras sospechado de aquel enano.

Escuchaste gritos. No entendías portugués, pero era evidente que Judith Alves estaba furiosa y regañaba a Tiberio como si se tratara de su subordinado. Refería a gritos el nombre de Globo, se apuntaba al pecho gritando yo esto y yo lo otro, apuntaba con un gesto prepotente a todo lo que estaba ahí, desde el techo hasta Tiberio.

Tres campeonatos mundiales al hilo le habían permitido organizar por primera vez el torneo en Brasil. Se encargó del espacio, de la televisora, de toda la logística. Debía dar resultados a sus jefes. Tiberio, por su parte, debía únicamente cumplir con su papel en la trama.

Pero Tiberio no era César ni mucho menos Augusto.

A diferencia de los dos primeros enanos que lucharon toda su vida para evitar las burlas y mantenerse en una vida digna con un trabajo estable, Tiberio fue hijo de una familia adinerada. Su diferencia la entendió como un don. En lugar de grandes desafíos aprovechó las oportunidades que siempre llegaron a su puerta. Una de ellas fue la del deporte.

El reconocimiento que Judith logró en los medios le dio un cierto eco a la noticia del retiro de Augusto. Cuando el enano supo que ella buscaba un tercer reemplazo, la invitaron a la mansión de la familia, la trataron con los mejores lujos y, antes de concluir la velada, brindaron con champaña la creación de un nuevo emperador. El enano se convirtió en Tiberio. A él le divirtió, sobre todo, la idea de tomarse fotos con un penacho romano, volar y alzar los brazos ante un público internacional.

Pero entonces, caminando por los camerinos, lo viste débil, apocado, atónito ante los gritos de quien se suponía lo apoyaba. Debió enojarse, guardar odio o explotar en un ataque de rabia. En cambio recibió la humillación en silencio. Ese fue el primer momento en el que creíste que alguien, una pareja experta, fuerte, con talento y habilidad, podría destronar a los brasileños.

–Existía una posibilidad. Remota, minúscula, pero la había. Créanme que para el torneo en el que estábamos, en el lugar y con los contrincantes que enfrentábamos, esa ya era una gran pinche ganancia.

–Me siento halagado de estar en esta lista. Recuerdo mi infancia en la ciudad de Adelaida, veo mi casa de los suburbios, mi familia pobre, sin muchos recursos y un hijo enano. No puedo creer todo lo que recorrí para llegar acá. Apenas puedo creerlo, en verdad. En mi país, cuando la gente sale a comer y a divertirse, cuando visita a un familiar o a un amigo ve deporte, siempre deporte. Cricket, surf, futbol, sobre todo rugby. La pantalla siempre está encendida. Es una locura. Somos un país joven, en medio del mar, un país de presidiarios, de gente jodida, olvidada. Hemos construido nuestra tradición con el deporte, de esa manera nos hemos hecho presentes ante el mundo. Eso es lo que nos enseñan en la escuela. El torpedo, Shane Warne, la reconciliación con los aborígenes con Cathy Freeman, con los All Black. ¡¿Qué iba a hacer alguien como yo en ese país, con esa gente?! ¿Qué podía ser un enano cuando veía a su mejor amigo vestir por primera vez la camiseta de los Carneros de Adelaida, cuando el fin de semana en la playa terminaba en una competencia de surf? Sacar las cartas y jugar Solitario. Ni madres, no este enano.

Este enano iba a hacer historia. Cuando descubrí el deporte me entregué a él, disciplina y trabajo. Hay una foto en la que aparezco sentado en el camerino con mi uniforme en el piso, listo para ponérmelo y salir al escenario. Pareciera que estoy sentado sin hacer nada, descansando. En realidad estoy estudiando los vuelos del contrincante. Tengo en las manos las fotos del rival y las estoy revisando minutos antes de salir. Hasta el último momento. No podía dejar nada al azar. No podía olvidar un detalle que pudiera costarme dos años de trabajo. Este enano estaba preparándose para hacer historia.

Entrevistaron a los competidores clasificados a la segunda ronda. Acudiste al llamado de Judith y esperaste tu turno sentado en la banca. Tenías al Desasosiego y al Cometa a un costado, y a Tiberio sentado hasta el otro extremo de la fila. Fueron pasando por el orden establecido.

La grabación era en vivo. El primer nivel de las gradas del escenario estaba lleno de fanáticos, gritando y vitoreando sus nombres. Subió al escenario el Desasosiego. Agradeció la calidez y la entrega del público brasileño, único en el mundo. Después de una marea de lugares comunes ("hicimos todo nuestro esfuerzo", "desde ahora solo hay finales", "dejaremos todo en la pista") siguió un análisis de los partidos por venir y fue entonces que sucedió. Le preguntaron al Desasosiego sobre la posibilidad de llevarse la copa a Suecia. Él se detuvo, reflexionó y después de una breve pausa dijo: Son dos emperadores que han ganado los últimos tres torneos, sería ingenuo creer que no van a llevarse este a su casa.

Judith, siempre profesional, erró al pedirle su opinión sobre César y Augusto. Son los cimientos de nuestro deporte, respondió el sueco. Y estalló el público en gritos.

Pasó luego el Cometa y fue lo mismo. Qué orgullo estar en la casa de César y Augusto, para mí esto ya es una victoria. De nuevo los aplausos y los hurras a los emperadores. Fue tu turno y de una, antes de saludar siquiera, vitoreaste el nombre de los Césares. Judith entendió su error demasiado tarde. Te preguntó sobre la estrategia que usarías en la segunda ronda, si optabas por la técnica al inicio y la fuerza al final, si estabas guardando una sorpresa. El tiempo fue insuficiente. Entró después de ti el Pescado y toda la hora se convirtió en un homenaje a los emperadores. De manera que cuando subió Tiberio estaba pálido. Pensaste que se iba a derrumbar sobre el escenario.

–Hasta ese momento supo dónde se había metido. Con nuestros recuerdos y halagos descubrió su papel en la historia y le quedó grande. Podía ganar, sí. Podía llevarse el torneo, sí. Pero este no era un enano como los otros dos. Quedaba Bahía. Su solo nombre imponía más respeto que cualquier hilera de elefantes.

Iniciaron la segunda ronda con AC/DC. Fue siempre tu sueño. Los aplausos al ritmo de la batería, la guitarra de Angus y la euforia que les hacía girar y azotar la cabeza contra el aire. Era tu gira mundial, el público clamando tu nombre, la expectativa por presenciar tu vuelo. Te sentiste seguro, confiado. Tenías clara la estrategia y a la vez sentías el cuerpo tenso, fuerte, un resorte listo para despegar.

Llegaron a la pista en un estruendo. Dominaron al contrincante con un solo lanzamiento. El Pescado no alcanzó en dos intentos lo que tú lograste en uno solo. Clasificaron a las semifinales del torneo.

Bahía y Tiberio tuvieron la misma suerte. Con un solo lanzamiento ejecutaron a sus rivales. Tiberio voló con ligereza y aterrizó a casi dos cabezas de la marca del contrincante. En dos competencias más alzaban la copa. Sería la cuarta. ¿Alguien podía imponerse? ¿Alguien haría el milagro en su casa, ante su público?

En las semifinales enfrentaron al Cometa y a su lanzador, Nabil, alias la Quinta Plaga.

–La música seguía tocando fuerte, a todo volumen. La batería, la guitarra, estábamos en su ritmo, estábamos conectados a un amplificador que nos hacía sentir más grandes, mejores, con los bajos retumbando en el pecho, en las gradas y finalmente contra la lona. Éramos AC/DC. Éramos Stardost y Mr. Nice, la furia australiana. Cada caída era un nuevo récord para nosotros. Vencimos al Cometa en dos lanzamientos. ¡Ábranse! Qué venga el siguiente.

Clasificaron a la final.

Pensaste entonces en los brasileños. Se nos viene el estadio, el país y los elefantes encima. Ninguna música iba a poder en contra de ese poder sobrehumano, nada que no se materializara en un accidente, una lesión o en lo que finalmente sucedió, cuando los brasileños perdieron la semifinal para después ganarla.

Los brasileños enfrentaron en la semifinal al Dr. y al Desasosiego. Como en la competencia que inauguró el torneo, Bahía cometió una falta en su primer lanzamiento. Ganaba, como siempre, el que obtuviera la mayor distancia, no el que sumara la de los dos vuelos. Pero ese fue un error que alarmó a los fanáticos.

Se jugaron la clasificación en su segundo lanzamiento. El desafío estaba dado con una distancia de 9 metros y 50 centímetros. Era difícil, pero factible. Bahía necesitaba concentrarse únicamente en no pisar la línea de falta.

El movimiento previo al lanzamiento debía tenerlo Bahía inscrito con fuego en su mente y en los músculos. El brasileño daba tres giros antes de usar el pie izquierdo de pivote y el otro como acompañamiento y dirección del enano. Ocho años haciendo lo mismo. ¿Por qué las faltas ahora? ¿Había un conflicto con Tiberio? ¿Era parte de su estrategia? Si lo era podía costarles el torneo.

–El público se levantó de sus asientos mirando como posesos la línea de falta, como si al mirarla pudieran hacerla desaparecer, conjurar su amenaza. Como si ellos fueran los ojos en los pies de Bahía, su sexto sentido. Y tanto se concentraron en esa línea que no repararon en las otras, en las que debía respetar el enano al caer. Lo vieron volar y pensaron: ¡Ganamos! Lo vieron caer y dijeron: Midan, cabrones. La diferencia se veía muy clara desde cualquier ángulo. Tiberio había caído delante de la marca del contrincante. Eso era claro. Pero rebasó la línea de falta. La línea ¡¿de qué?!

Fuera, señaló el juez de banda. Tiberio se levantó sin comprender, el público esperó callado, a la expectativa la señal de la victoria. Los únicos que festejaron fueron los suecos. ¿Qué festejan?, gritaba la gente. ¡Qué pasa!

El juez principal llegó al centro de la pista, encendió su micrófono, en realidad innecesario porque aquello era de un silencio sepulcral, y anunció: Dos faltas, línea de lanzamiento y línea de caída, la pareja local queda descalificada.

Después del anuncio los jueces salieron de inmediato de la pista, temerosos ante la posibilidad de una agresión física. Era costumbre que los ganadores fueran entrevistados por Judith y su equipo. Los suecos se dirigieron al palco, pero Judith se levantó de su asiento y se dirigió a los camerinos.

Regresó después de unos minutos sola. Los suecos esperaban todavía sentados en el lugar de los invitados. Cuando inició la entrevista estalló el alarido. Esa sería la declaración oficial de que habían ganado. Si Judith los entrevistaba no había marcha atrás. Así que fue imposible escuchar la respuesta del Desasosiego, imposible por seguridad personal permanecer en el escenario. Los suecos fueron transportados bajo extrema seguridad a sus camerinos. Judith con su equipo se retiró del palco de nueva cuenta.

Sin moverse de sus asientos el público exigió el regreso de sus ídolos: Déjenlos competir. Robo. Trampa. Jueces vendidos.

Transcurrieron quince minutos. Las gradas seguían a reventar y salvo la sección de los suecos el resto pedía una explicación que no fuera arbitral, ni que fuera otra más que la que al final tuvieron.

Judith y los comentaristas se sentaron en el palco y transmitieron con altavoces. Ella cargaba un libro grueso, negro, de pastas duras, que alzó para mostrarlo ante la cámara. Era, según ella, el reglamento del deporte.

Parece, dijo, que hay una interpretación distinta de la Sección Sexta, excepción a la Regla 3. Indicaba esta que el lanzador podía cometer una falta y el enano otra. No se aclaraba, sin embargo, que esas faltas debían ser en una sola competencia. Era posible entender que, en caso de cometer ambos jugadores la falta, tenían la posibilidad de lanzar una vez más. Es decir, concluyó Judith, las faltas son acumulativas si se trata únicamente del mismo competidor.

Los que entendieron la explicación aplaudieron, los que no, la mayoría, siguió gritando mentadas de madre. Judith optó entonces por ser directa. De los jueces, dijo, depende darles una posibilidad a los brasileños. Tenían, eso sí, que revisar el reglamento y confirmar lo que ellos, como comentaristas, habían notado. Pero de ellos depende. Por favor, sean respetuosos.

Al decirlo todos callaron. Hubo un instante de total silencio antes de la primera porra. ¡Vivan los jueces! Y otra de: ¡Justicia!

Los jueces asomaron las cabezas al escenario. Estaban lívidos.

Estallaron los aplausos, los vivas, los hurras y, envalentonados, llegaron a la pista, tomaron el micrófono y dieron una explicación aún más incomprensible que la de Judith. Agregaron que, de acuerdo con una primera interpretación, podía entenderse a los competidores como una sola pareja, pero que, en otra, se les veía como entes separados. Estaban a punto de golpearlos cuando salieron de nuevo los brasileños y, rezagados, rojos de furia, con el cabello mojado por lo que no se sabía si era champaña o el agua de las duchas, salieron los suecos.

Hubo un rugido de bienvenida. Un silencio después de expectativa y tensión. Pero esta vez todo había cambiado. La espontaneidad y el azar del deporte se habían perdido.

En lugar de sentarse en su banca los suecos se quedaron parados a pocos metros de distancia de la pista. Parecían listos a quejarse con los jueces en caso de perder una competencia que para ellos estaba ya ganada.

Bahía hizo caso omiso de su entorno. Se estiró un par de veces antes de llegar a la pista, tomó a Tiberio del arnés, dio tres giros, libró la línea de falta y alcanzó en el lanzamiento una distancia mayor a la de sus contrincantes.

Los locales ganaron.

Después de la victoria, los brasileños regresaron de inmediato a los camerinos. Sentían vergüenza. Los suecos, en cambio, se quedaron en la pista pasmados. Fueron al palco de los comentaristas pero en el momento de sentarse Judith y los comentaristas se levantaron y se retiraron.

Un país que lo había perdido casi todo a causa de la corrupción ahora perdía también el deporte. Cayeron en la tentación y ahora no podían evitar la suspicacia. Los jueces dictaminaron y los jueces se retractaron. La autoridad máxima quedó en sospecha.

–Cuando los jueces dictaminaron su derrota, Tiberio se levantó, tomó sus cosas y se dirigió al camerino. En ese momento pensé que le faltaba coraje, que quería huir, dar la vuelta a esa página, ahí se ven. Ahora creo que habría sido lo mejor no solo para él, para su equipo y para todo Brasil. Bahía era todavía joven, y Bahía era Bahía. Habría podido ganar más torneos. Pero no, siguieron con el acto, con eso de la nueva interpretación a la regla, con la excepción de la excepción, y ahora es difícil quitarse esa mancha. Aunque no quieras, esa mancha pone en duda los torneos pasados, a jugadores que todos considerábamos incorruptibles como César y Augusto. Si lo hicieron entonces ¿quién te asegura que no lo hayan hecho antes?

Fue como si nada extraño hubiera sucedido. Al día siguiente, en tu entrevista con Judith Alves se concentraron en lo deportivo. Ni una sola mención a la famosa interpretación del reglamento, si eran pareja o eran competidores individuales. Habías visto programas enteros en los que se discutía durante una hora las figuras nobles de, por ejemplo, Sir Lenny. Esto, que había causado la eliminación de una pareja semifinalista y que podría cambiar de manera significativa el deporte, no les merecía en cambio un solo comentario.

Su entrenador les pidió guardar la calma. Evitar antagonizar a los jueces, concentrarse en la técnica y en lo deportivo. Tendrían que enfrentar a los brasileños y también a lo impredecible. Era importante no perder los estribos. Ustedes habían ganado el derecho de estar ahí. Habían ganado sin trampas. Su principal arma era la legitimidad.

A punto de terminar la entrevista respondiste a una pregunta de ella diciendo: Buscaremos ganar de manera incontrovertida.

Y todos entendieron.

En las finales decidieron salir al escenario con la canción más estruendosa, fuerte, pesada y rítmica de la banda. Estallaron los límites que los brasileños habían roto al inicio con su entrada triunfal de elefantes. La batería marcó el paso, la guitarra eléctrica dio los destellos de energía que se elevó y se mantuvo en el ambiente, incluso durante la salida de un ordenado y apático batallón romano. Los elefantes y el baldaquín se vieron, en comparación, decadentes.

Tenías el ritmo en la cabeza, en la sangre, diste pequeños saltos para subir al escenario, electrificado por la música. Las reglas, el apretón de manos y el volado. Ganaron y eligieron lanzar segundos.

Desde tu banca viste la compostura y el profesionalismo de Bahía. Sin importar el apoyo del público, ni la palidez de Tiberio, que seguramente había pasado una mala noche, hizo un lanzamiento impecable. La línea de falta quedó completamente olvidada. 10 con 20.

Siguió su turno. Contrario a lo que temiste, el público guardó silencio. Les había afectado la semifinal. Estaban conscientes de su error y sabían que la única manera de sobreponerse era borrar la sospecha de corrupción, ganar la final de manera clara, sin intervención de jueces ni del público ni de nadie. Que los brasileños mostraran su temple en un desafío de dos contra dos.

Lanzaron sin alcanzar la marca.

De vuelta en la banca te concentraste en la distancia que debías vencer. La repetiste en silencio, conjurando el miedo a que fuera inalcanzable. Los brasileños no pudieron mejorar su primer lanzamiento. Quedó en ustedes el campeonato. Sería su despedida o la de los emperadores, el final o el inicio de un nuevo reinado.

Subieron a la pista. El público se levantó de sus asientos rezando para que todo aquello terminara. El torneo no había sido lo esperado. Así era el deporte. Pero si ganaban, las faltas de Bahía, la inseguridad de Tiberio y la sospecha de corrupción quedarían para la discusión de los especialistas. Que hablaran de lo que quisieran, que recordaran la decisión polémica de los jueces, los fanáticos se quedarían con lo principal: la victoria. Estaban a un solo lanzamiento de lograrlo. El resto iría para el olvido.

Sentiste la empuñadura que te levantó del piso. Relajaste los músculos sin perder el equilibro ni la flexibilidad. Fijaste la mirada durante los giros en la punta de tus dedos. Levantaste el vuelo. Al ir descendiendo sentiste de inmediato que no ibas a alcanzar la distancia anhelada. Una mirada furtiva a la lona te confirmó tu miedo. Pasó ante tu mente la idea de poner el cuerpo lo más duro posible y estirar los brazos, dejar de respirar para permanecer más tiempo en el aire, y la certeza de que ninguna de esas dos técnicas iba a darte buenos resultados, caerías segundo, a unos centímetros de distancia del campeonato final.

Y fue entonces, cuando en tu mente estaba ya todo perdido, que decidiste hacer lo que te habían prohibido desde el inicio. La primera regla de la caída. La regla básica. Agachaste la cabeza. Lo hiciste con tanta fuerza que, bajo el riesgo de lesionarte las cervicales, diste un giro de trescientos grados cayendo con la punta de los pies por delante.

El juez de banda se detuvo. El público guardó silencio. Los comentaristas voltearon a verse preocupados de acudir de nuevo al libro del reglamento.

No fue necesario. La distancia se marca con la primera parte del cuerpo que toca la lona. Tu cabeza y tus manos aterrizaron detrás de los brasileños. Tus pies adelante.

10 con 35.

Campeones.

–No fue algo que hubiéramos entrenado ni practicado antes. Al contrario. Es lo primero que te advierten: no agaches la cabeza. Si ves la lona, cabeza arriba. Si la agachas estás perdido. Esguince de cuello y, en el peor de los casos, cervicales. ¡Puedes morir! Quedar despatarrado sobre la lona, cadáver. Fue algo que pensé en el momento. Sabía que no iba a alcanzar la distancia con las manos. ¿Qué tal si llegas con los pies? ¿Qué tal si en lugar de pegar con la cabeza logras dar una vuelta? Arriesgué todo, y funcionó.

En la misma línea de banda que había cruzado Tiberio, que provocó el desconcierto del público y la nueva supuesta interpretación de la regla, ahí venciste como nadie antes lo había hecho.

Te aplaudieron en señal de reconocimiento. Lo hicieron con respeto y también con sufrimiento. Esa fue la señal de que no solamente Bahía, César y Augusto eran campeones. El país, Brasil, también lo era.

En el deporte no hay guerras, ni victorias definitivas. Solo batallas. Y los verdaderos campeones reconocen cuando han perdido una. Debieron haberlo hecho antes, en la semifinal, pero la derrota es algo que cuesta trabajo aceptar, en el deporte es lo último que se aprende.

Cuando los declararon campeones dudaste si caminar al palco de los comentaristas o ir directo al camerino a festejar. Una señal de Judith te marcó el camino.

–Estaba relajada, tranquila, como si la tensión del torneo le hubiera hundido la cabeza bajo el agua y ahora finalmente pudiera respirar. Preguntó lo de siempre y yo le respondí igual con puras frases vacías, huecas, que no traducían lo que sentía. Estábamos por irnos al camerino a festejar, pero ella no era cualquier comentarista, nada de eso, ella sabía traducir eso que sentíamos los jugadores y que no lográbamos expresar.

Ella entendía el verdadero significado de cada competencia y podía grabarlo en una frase o en dos palabras.
Judith es nuestra voz y la voz del deporte. Su artículo
sobre Bahía y César me inspiró a mí a entrar al deporte.
Ese mundo suyo de glamour y de lucha yo lo imaginé
como el de una banda de rock en gira mundial. Fue Judith la que le dio el nombre a nuestra victoria. Sin pensarlo dos veces, sin resentimiento ni rencor, volteó a
mirar al público, luego miró a la nada y dijo, como si la
frase le llegara del cielo: La caída inmaculada.

En el momento no pusiste gran atención a la
frase. Festejaste con Mr. Nice bañados en champaña,
acompañados de los fanáticos que les pedían fotos y
autógrafos. Fue hasta después, cuando te diste cuenta
de que te acompañaría en todos tus torneos. Intentaste
de nuevo la misma vuelta en Islandia, en Australia y
en México. Nunca con el mismo éxito. Al final la única
razón de dar la vuelta era para recordar esa final en
Brasil y permitirle al público que te seguía y te apoyaba
vivirla contigo. La vuelta se convirtió en un ritual.

El video se reveló un mes después de concluido el torneo. En él se ve a uno de los comentaristas de Globo
entrar en los vestidores reservados a los jueces. Lleva
un gran bulto dentro del saco que amenaza con desbor-
darse en cualquier momento. Al salir, el bulto ha desa-
parecido. Minutos después, Judith anuncia en la mesa
de los comentaristas la posible nueva interpretación al

reglamento, los jueces asoman la cabeza de sus vestidores y caminan de regreso a la pista.

La cadena de televisión no emitió ningún comentario. A la semana, sin embargo, sucedieron los despidos. La primera cabeza en rodar fue la del personaje que aparece en el video. Le siguió el equipo entero de camarógrafos que trabajó ese día en la transmisión. Ellos fueron los únicos que pudieron haber grabado esa escena para después filtrarla a la prensa. Se ahorraron el trabajo de investigación. Adiós al equipo entero. Y finalmente, adiós también a Judith.

Creíste que ella iba a responder de manera violenta, acusar a un directivo de la televisión de someterla a presiones extraordinarias o a la gente del deporte por no haber acudido a su ayuda cuando más los necesitó, confesar ignorancia de lo que hacían o podrían haber hecho sus subordinados. La escuela brasileña era su creación. Pero guardó silencio, aceptó su derrota y perdió en un solo torneo todo lo que había logrado en seis años previos de reportajes, entrevistas, artículos y gestas deportivas.

El derrumbe de una columna no destruyó el templo. El deporte resistió, y con los años los emperadores se convirtieron en pasado, como tantos otros que dieron su vida en la pista. Tiberio y Bahía no volvieron a competir. El lanzador legendario se retiró con tres trofeos.

Al cumplirse cuarenta años de la creación oficial del deporte seleccionaron a las leyendas, las mejores gestas, los momentos más destacados, las escuelas y los legados. Estuviste entre los elegidos. Pagaron tu vuelo a la ciudad de Leeds, Inglaterra, donde se llevó a cabo el primer torneo. Viste de nuevo a Bahía con César, a Njal el Bronceado, al mexicano Altarde, conociste a Sir Jimmy, a la Mancha y al Enano Eléctrico. Fuiste feliz, pleno, entendiste con claridad aquella imagen de subirse a los hombros de otros que han vivido antes que nosotros para ser verdaderamente sabios.

Llegó el momento de tu entrevista. Te pidieron que evocaras el torneo, tus competencias y tu pasado. Acompañado de tu nueva familia deportiva hablaste de tu sueño de ser integrante de una banda de rock y viajar por el mundo, de tu adolescencia en un suburbio de una ciudad australiana donde lo único que trascendía eran los resultados del rugby. Hablaste del artículo que te descubrió el deporte, tu ingreso, tu retiro.

Y la caída inmaculada.

—La pensé en un instante, en menos de un segundo, y ha sido lo que ha marcado mi vida y mi legado. Está bien que así sea. Estoy satisfecho. Más que eso, soy feliz. Recuerdo ahora el pasado, acompañado de la gente que admiro, algunos contra los que competí y otros que ahora conozco. Jugadores, entrenadores, fanáticos, comentaristas. Todos le hemos dado vida al deporte. Y el deporte nos la ha dado a nosotros.

Otros títulos publicados por La Pereza Ediciones

LAS AVENTURAS DE
UN LANZADOR DE ENANOS

ALEJANDRO LÁMBARRY

VANESSA NÚÑEZ

DIOS
TENÍA MIEDO

GUSTAVO ESCANLAR

ESTOKOLMO

Edith Wharton

ETHAN
FROME

www.ingramcontent.com/pod-product-compliance
Lightning Source LLC
Chambersburg PA
CBHW021932170626
46807CB00007B/3070